库切文集

Here and Now

此时　　　此地

[美]
保罗·奥斯特
Paul Auster

[南非]
J.M. 库切
J.M.Coetzee

著

郭英剑 译

人民文学出版社

Paul Auster and J. M. Coetzee
HERE AND NOW

Copyright © 2012 by Paul Auster
(with respect only to the letters written by Paul Auster)
Copyright © 2012 by J. M. Coetzee
(with respect only to the letters written by J. M. Coetzee)
By arrangement with
Carol Mann Agency, USA for Paul Auster
Peter Lampack Agency, Inc., USA for J. M. Coetzee
All rights are reserved by the proprietors throughout the world.

图书在版编目(CIP)数据

此时此地/(美)保罗·奥斯特,(南非)J.M.库切著;郭英剑译.—北京:人民文学出版社,2018
(库切文集)
ISBN 978-7-02-014699-4

Ⅰ.①此… Ⅱ.①保…②J…③郭… Ⅲ.①随笔—作品集—美国—现代②随笔—作品集—南非共和国—现代 Ⅳ.①I712.65②I478.65

中国版本图书馆CIP数据核字(2018)第279944号

责任编辑　马　博
装帧设计　陶　雷
责任校对　刘佳佳
责任印制　徐　冉

出版发行　人民文学出版社
社　　址　北京市朝内大街166号
邮政编码　100705
网　　址　http://www.rw-cn.com

印　　刷　三河市中晟雅豪印务有限公司
经　　销　全国新华书店等
字　　数　196千字
开　　本　850毫米×1168毫米　1/32
印　　张　9.75　插页1
印　　数　1—10000
版　　次　2019年4月北京第1版
印　　次　2019年4月第1次印刷

书　　号　978-7-02-014699-4
定　　价　49.00元

如有印装质量问题,请与本社图书销售中心调换。电话:010-65233595

保罗·奥斯特著作

《孤独及其所创造的》　《诗集》
《纽约三部曲》　《红色笔记本:真实的故事》
《末世之城》　《神谕之夜》
《月宫》　《散文集》
《偶然的音乐》　《布鲁克林的荒唐事》
《巨兽》　《书房里的旅行》
《昏头先生》　《马丁·弗罗斯特的内心生活》
《烟与面红耳赤》　《黑暗中的人》
《失意录》　《隐者》
《绿宝机密》　《日落公园》
《在地图结束的地方》　《冬天日志》
《幻影书》　《4 3 2 1》

J. M. 库切著作

《幽暗之地》
《内陆深处》
《等待野蛮人》
《迈克尔·K 的生活和时代》
《福》
《白色写作:论南非的书写文化》
《铁器时代》
《双角:随笔和访谈录》
《彼得堡的大师》
《冒犯》
《耶稣的童年》
《库切的文学课》

《男孩:外省生活场景》
《动物的生命》
《耻》
《异乡人的国度》
《青春》
《伊丽莎白·科斯特洛:八堂课》
《慢人》
《内心活动》
《凶年纪事》
《夏日》
《耶稣的学生时代》

最后的书信集

——《此时此地》译序

一

作为2003年诺贝尔文学奖得主,J. M. 库切(J. M. Coetzee)这位来自南非、现居住在澳大利亚并已是澳大利亚公民的著名作家已广为世人所知。他既是一位小说家,也是一位文学批评家,同时还是一位翻译家。其代表作有《耻》(1999)和《等待野蛮人》(1980)等。

保罗·奥斯特(Paul Benjamin Auster)是美国著名小说家、诗人和剧作家。其代表作有《纽约三部曲》(1987)等。作为剧作家和导演,他创作并参与执导了多部影片。奥斯特不仅是国际笔会美国中心副主席,还是美国艺术与科学学院和美国艺术与人文学院的两院院士。

虽然库切和奥斯特两人都读过彼此的作品,可谓神交已久,但他们两个开始有所接触还是在2005年。当时,奥斯特邀请库切为自己所编纂的塞缪尔·贝克特(Samuel Beckett)的百年四卷本文集写篇序言。这算是两位文坛巨人交往的开始,但即便到这时,两人并未谋面。直到2008年2月,奥斯特与同为作家的妻子一同赴澳大利亚参加阿德莱德文学节时,才得以与在此定居的库切相识并成为朋友。

从澳大利亚回到美国不久,奥斯特就接到了库切的一封信。他在信中说:"我有个提议,不知你是否感兴趣,我们能不能合作做点事情,要比我们此前的合作还要更实质一点。此前我还没有跟其他人如此合作过,但我想,如果跟你合作,一定会非常有趣,同时我们彼此也一定会碰撞出火花来。"收到此信的奥斯特喜出望外。他很快在回信中建议说,两个人可以进行一种公开的对话,主题随意,只要两人感兴趣,什么都可以谈,就像是两位居住在同一座城市的老朋友经常见面聊天一般。当然,这种聊天不是那种随意的侃大山,而是选择一些更为严肃的话题去谈。

于是,就有了《此时此地》这本书信集。他们从友情谈起,谈世事,聊人生,议文学,论艺术,话题涵盖文学创作与现实的关系、生活中的小故事、2008年开始的经济危机、现代战争、体育运动以及个人经历等,可谓无所不谈、包罗万象。

这部书信集的时间段是从2008年到2011年这三年时间。最初,两人原定这样的通信进行两年,但在接近第二年年末的时候,两人都感到意犹未尽,因此决定再延长一年。

这是一本有趣的书,我们从中看到两位作家的智慧、人生经验、生花妙笔的同时,也可以发现平时在他们的作品中难以见到的真性情。

二

人们或许会感到奇怪：为什么通信者是这两位作家？

其实，库切与奥斯特两人的差异远远大于相同点。比如，两个人的年龄有差异。奥斯特出生于1947年，比出生于1940年的库切小七岁。再比如，两人的生活背景与经历也极为不同。奥斯特出生在美国新泽西州纽瓦克的一个犹太人家庭，并在新泽西长大。1970年从哥伦比亚大学毕业后，他到法国从事法语文学翻译工作，在那里生活了四年。1974年回美国后开始从事诗歌、散文与小说创作。1981年，他与第二任妻子结婚后，就一直住在纽约的布鲁克林。而库切的经历则要复杂得多。他出生于南非开普敦的一个白人家庭，主要在那里成长。1960年和1961年从开普敦大学分获英语和数学学士学位之后，他到伦敦做了一名IBM公司的计算机程序员。1965年他借富布莱特项目赴美留学，到得克萨斯州立大学奥斯汀分校攻读语言学专业的博士学位，1969年毕业。但库切从1968年就开始在纽约州立大学布法罗分校任教，到1971年，因为申请永久居留美国被拒转而回到南非。后来，他虽然也时常出国短期教书做讲座，但大部分时间都在南非的开普敦大学当教授。2002年退休后，他移居澳大利亚，2006年加入澳大利亚国籍。而且，库切与奥斯特两个人的创作主题与写作风格也多有不同。

当然，我们还应该看到两人的相同之处，他们都是作家、翻译家,都与塞缪尔·贝克特有密切的联系——奥斯特曾编纂了塞缪尔·贝克特的百年四卷本文集,而库切在得克萨斯州立大学毕业时所撰写的博士论文就是关于贝克特早期小说的。

更重要的一点是,从性情上看,两人都不爱与外人有过多的交往。奥斯特在书信中说:"我往往远离人群、聚会和公共活动,宁愿隐居在自己布鲁克林的小花园中。"而库切的离群索居可谓举世闻名。他两度荣获布克奖都未亲自到场领奖。而在其获得诺贝尔文学奖时,诺贝尔委员会也曾警告记者们,有可能采访不到他。库切在2013年4月的中国之行中接受记者采访时的言简意赅,相信给中国读者留下了深刻的印象。

虽然他们都不爱与外界打交道,但这并不表明他们没有自己的生活圈子与好朋友。我想,正是因为以上的相同点,使他们想到了用书信这一对他们而言的最佳方式,把两人及其友谊联结在一起。

三

本书是友谊的见证,因此,话题始自友谊也是自然而然的了。

但本书的话题并没有仅限于友谊,而是恰如奥斯特所期望的那样,在看似主题随意的背后,挖掘了两人感兴趣的众多话题,比如2008年的金融危机、巴勒斯坦和以色列的冲突、作家与批评家的关系这样一些看似严肃的话题,更有诸如体育、旅游、阅读、影视这样一些看似轻松的话题。在上述严肃的话题中，我们看到的是两人独特的个人见解，而在那些轻松的话题中，我们见到了他们的深度思考。

他们通信的2008年到2011年，正是世界格局因为全球性的金融危机而发生巨大变化的三年。他们的通信，既是个人的记录，也从一个侧面印证了时代的变化以及人们对此的认识与反应。而在这其中，读者可以明显看到两位作家思想的变化。比如在对待金融危机的态度上，库切曾有自己独特而不乏幼稚的认识与见解。随着时间的推移，他从最初畅谈个人观点，到后来决定还是闭嘴不谈较为明智。由于高科技的进一步发展，他们双方对待电子产品，比如手机的认识，也有了一些与过去不同的变化——从排斥到逐渐接受。作为作家，他们当然在谈文学，谈创作中的困难（都有写不下去的时候），谈创作中的思想，其中有互相的鼓励，有互相的爱护，尽管奥斯特更多照顾、更为爱护库切一些。

当然，既然是书信，就少不了个人生活的细节。我们在其中可以看到，库切爱好自行车运动，因经常出差而患有较为严重的失眠症；奥斯特因为生活中的琐事而苦恼，跟太太到挪威见识到欧洲不同的圣诞节礼仪时喜出望外。更重要的是：两位作家都因袒露心迹而显得更加真诚与可信。他们也有抱怨和苦恼。奥斯特因为作品遭到批评家故意恶评而愤怒地想要给批评家一记老拳；库切面对读者指责其有种族歧视的来信感到困惑与不知所措。他们也都有凡夫俗子遭人误解时所有的那份苦恼与愤愤不平。看到这些，我们眼前的两位名人倒更像是普通人,而非高高在上的大作家。通过书信中所透露的活动以及日常生活,我们可以看到他们两人之间有很多相同之处,比如他们都喜欢读书,喜欢体育——体育的话题贯穿了整部书信集——也喜欢看电影,当然,独居写作——成为缪斯女神的囚徒,似乎是两人自觉自愿的选择。

书信集给人印象较为深刻的地方,还是作家鲜明的个性,以及两人不同的性格特征。通过书信可以看到,库切比较理性,更为深刻,也较为自我一些,而奥斯特则更加热情,在讨论问题时,更加愿意寻找两者的共同点——甚至有时不惜附和对方,在此基础上说出自己的观点,也似乎更有同情心。而两人同样的机智、敏锐与启人心智也令人难忘。

无论库切还是奥斯特,现在基本上都不接受外界的采访了,特别是库切,算得上是颇为封闭的作家了。那么,他们的内心世界究竟如何,其实是当今读者更为关心的一个话题。在一个信息极为发达、人与人之间交流如此便捷甚至难以避免的时代,像库切这样的大作家远离人群,结果不是被大家所遗忘,反倒激起了读者更大的兴趣。

因此,这是一本可以让读者进入到作者心灵世界当中的书信集。

四

无论是创作还是翻译,都应该也必须要依靠作品本身去说话。我还以为,在今天全球化的信息时代,人与人之间的沟通与交流变得如此易如反掌,人们有了疑问就希望立刻得到解答而失去了等待的耐心,人们集合了各种信息就可以轻而易举地做出个人的判断(无论正解还是误解);即便如此,作为作者或是译者,写上几句话,既是对自己,也是对读者,应该算得上是一种有益的交流方式吧。

首先,从翻译的原则上讲,我还是以王理行先生过去提出的翻译"一要经得起对,二要经得起读"的观点为基本准则。根据我的理解,所谓"经得起对",是指译文要经得起与原文进行对照,即要忠实于原文;所谓"经得起读",是指译文要符合汉语的表达习惯。当然做得好不好、到位不到位,还要读者做出最终的评价。我的翻译中如有问题和错误,非常希望读者和专家不吝批评指正。

其次,我把本书称为"书信集"而非"通信集",是因为奥斯特和库切两位通信者采用的是传统的书信和传真的方式,而不是采用现代的诸如电子邮件等更为快捷的方式——(尽管在中间偶尔也通过奥斯特的太太发送过电子邮件,但奥斯特本人不使用电子邮件)来进行交流的。正如库切在信中所说:"我非常喜欢那种贴上邮票的旧式的书信往来方式。"

我个人以为,称该书为"书信集",既符合该书的特征,也能突出两位作家特别强调的传统的书写方式。若以"通信"相称,虽然同样可以突出两人之间的交流,但这种交流也有可能通过其他现代的方式(比如电子邮件)来完成,这样就失去了他们在书中所强调的书信的特征。不过,使用"书信集",会不会使人误解为是"两个人的书信的合集"

呢？我个人认为,由于在封面和内文中,很容易看到本书系两人合著,也是两人之间的书信往来,因此应该不会有误会。

再次,既然是书信,就难免有敬语、问候语的问题。由于英文不像中文,也不像法文等,有敬语"您"这样的词汇,因此,在处理的时候,我采取了三种不同方式:第一,在所有书信的正式内容中,凡是 you,your 等词汇,一律使用"你""你的",以表示两人之间较为亲近的关系。第二,在书信结尾的问候语时,则全部采用"您"的说法,以表达双方的相互尊敬之意。第三,在写给女性(如库切写给奥斯特太太)的信中,使用了"您"。而对于问候语,凡是相同或者相近的,均按统一的译法译出。

再次,中外的书信往来,还会遇到不同格式的处理问题。这个问题在翻译界有不同的争论,换句话说,在究竟应该按照中文的书信方式还是西方的书信方式来翻译的问题上,大家有不同的看法和做法。我以为,既然是西方的书信,从格式上看,还是应该以西方书信的格式为主。因此,在翻译中,书信的日期、落款等,全部按照原文书信的方式进行排列,即:日期、地点(只有少数书信有地点)位居书信的右上侧;落款与问候语,则在书信的左下侧——顺便说一句,把落款与问候语放在左侧而非右侧,应该是西方特别是美国近年来的一种习惯。而本书就沿用了这一习惯,所以翻译时也照此处理。

最后,本书原文极少注释,但译者翻译时加了一些脚注,原因有二:一是原文以及翻译中的一些问题,需要向读者做出说明;二是在两人的通信中,除了有关政治、经济、体育等内容外,还涉及到了大量的文学与相关作家的内容,作为译者,我个人觉得有必要把一些背景性的知识点罗列出来——当然我也很清楚,这很可能是吃力不讨好。但我的确要说,在翻译中,如果不是做了一些深入调查,两人之间所谈的一些问题可能就不甚明了(比如库切在信中谈到自己与美国移民局关系糟糕的问题等)。而我以为,这些注释至少对于部分读者来说可能会有些用处。

当然,在做注释的时候,除了个别必要之处,大都尽量以简明扼要为准,而不去做过多的阐发。作为译者,我是希望这些注释能够帮助读者更好地沉浸在两位作者的书信世界之中,而不是时不时地被译者拉入到现实当中而坏了阅读的兴致。因此,知识渊博者对注释完全可以忽略不计,而对于有兴趣进一步探讨者,则可以借注释再做深入的研究。

此译本的脚注中,原文注数量较少,已标出;其余的为译者注就不一一标示了。

五

或许人们会问,在书信交流快要绝迹的今天,在一个电子邮件大行其道(更不要提脸书、推特、微博、微信等更加便利快捷的交流方式)的时代,为什么还要用这种古老的方式交流呢?

我个人的看法是,奥斯特与库切似乎在告诉我们:深入的交流,需要时间的沉淀;深刻的观点,需要以时间为代价进行深入思考。在这个交流已经便捷得无以复加的年代，更需要注重交流的完整性，需要思想意识的深刻性。

因此，我以为，他们的行为似乎在彰显：要以书信的方式，去抵抗一个碎片化的思想的时代。

但令人遗憾的是，这或许将是当代人最后的书信集了。

因为除非特意为之，否则人与人之间的日常交流，应该再也回不到写信、发传真这样传统的时代了。

是的，或许，这将是21世纪乃至人类最后的书信集了。

但我们依旧可以庆幸的是：

无论人类交流的方式如何改变，人类的思想都会继续延续下去。

郭英剑
（美国东部时间）2013年6月12日
于哈佛大学

2008 年 7 月 14 日—15 日

亲爱的保罗：

我一直都在思考友谊的问题，它们缘何而起及持久的原因——有些友谊，持续的时间那么长久，甚至超过了那些强烈的情感，以至于有时候会被人们（误）认为它不过是情感依恋的仿制品而已。我曾打算给你写封信探讨一下这个问题，我想先说，我注意到尽管友谊在人们的社会活动中举足轻重，对我们来说意义非凡，特别是在童年时期更是如此，但令人惊讶的是，人们却很少动笔谈论这一话题。

但随后我也问自己，事实是否真的如此。于是，在我坐下写信之前，我先跑到图书馆快速地查阅了一下。哇，你瞧，我还真是大错特错了。图书馆的编目中有关这个话题的书籍很齐全，很庞杂，还有不少是新书呢。但当我走到书架前去翻看这些书籍的时候，可以说我又找回了一点自尊。看来，我还是正确的，或者至少说对了一半：从整体上看，这些讨论友谊的书籍都索然无味。友谊，看上去依旧是个谜：我们都知道它很重要，至于为什么人会成为朋友并保持朋友关系，我们还是只能去揣测。

（我在前面说有关友谊的书籍都索然无味，这话什么意思呢？拿友谊与爱情做个比较吧。关于爱情的趣事，可谓成千上万。比如，男人总会爱上那些令他们想起自己母亲的女人，确切地说，这样的女人让男人想起母亲又忘记母亲；在这里，女人既是母亲，却又不是母亲。对吗？也许对，也许不对。有趣吗？绝对有趣。现在再来看看友谊。男人会选什么样的人做朋友呢？选那些跟自己年龄相仿、趣味相近的男人？比如说爱书人跟爱书人交朋友。对吗？也许对。有趣吗？绝对无趣。）

在我多次造访图书馆后，还是发现了一些有趣的友谊观，请允许我在这里说上几条。

首先，亚里士多德说：人不可能和无生命的物体交朋友（见《伦理学》，第8章）。当然不能！谁曾说过可以呢？但有趣的是——仿佛在刹那间人们就明白了，当代语言哲学究竟是在何处获得了灵感。两千四百年前，亚里士多德已经明确指出，那些看似成立的哲学上的假设，都不过是语法上的规则罢了。当他说，"我是 X 的朋友"这句话时，X 一定得是一个有生命的名词。

其次，查尔斯·兰姆①说，人交友则无需见。这没错，也很有趣——这也是一种友情与情爱互不跨界的方式。

再次，朋友之间，至少西方的男性朋友之间，不谈论对彼此的感受。再拿恋人们唠叨个没完来对比，也就太无趣了。然而，一旦朋友离世，人们不禁悲情大发："哎呀，来不

---

① 查尔斯·兰姆(1775—1834)，英国散文家。

及了!"(蒙田之于拉博埃西①、米尔顿②之于爱德华国王,莫不如此。)(问题是:爱情所以喋喋不休,难道是因为欲望本身就是自相矛盾的吗?——见莎士比亚《十四行诗》——而友谊所以沉默寡言,则是因为它简单明了而非自相矛盾吗?)

最后,看看福特·马多克斯·福特③的《队列之末》中的主人公克里斯多弗·蒂金斯的高论吧:男人是为了能和女人谈谈才和她上床的。这是在暗示:把女人变成情妇只是第一步;而第二步,将她变成朋友,才是重要的一步;事实上,与一个和自己没有上过床的女人交朋友是不可能的,因为空气中有太多没有说出的感觉在从中作梗。

如果友谊真的让人很难说出有什么趣事的话,那么,对它做深入的探讨倒有可能:爱情和政治永远都是表里不一,而友谊不同,总是表里如一。友谊是透明的。

其实,对友谊最有趣的思考还是来自古代世界。为什么呢?因为在古代,人们并不会把哲学立场当作一种天然的怀疑论,所以也就不会理所当然地要把友谊视为一定是超越其外在的东西,或者一定要得出相反的结论:如果友谊就是它所显现的模样,那它就不是哲学研究的合理主体了。

致以良好的祝愿!

约翰

---

① 拉博埃西(1530—1563),法国法官与作家。
② 约翰·米尔顿(1608—1674),英国诗人。
③ 福特·马多克斯·福特(1873—1939),英国小说家、评论家。

布鲁克林
2008年7月29日

亲爱的约翰：

你在信中所提到的,也正是我多年来思考良多的一个问题。关于友谊,我不能说业已形成自己前后一致的立场,但为回复你的来信——它让我浮想联翩,也勾起我许多的回忆——或许,我可以借此机会来试着清理一下我的思路。

首先,我把自己的话题限定在男性之间的友谊上,即男人之间的友谊,男孩之间的友谊。

1)是的,确实存在(如你所说的)透明而无矛盾心态的友谊,但在我的经历中,这样的友谊并不多。这大概与你所使用的另一个词汇有关:沉默寡言。你说得对,男性朋友(至少在西方)往往"不谈论对彼此的感受"。我把这话往前再推进一步:"男人往往不谈论自己的感受,就是这样。"假如你不知道自己朋友的感受,或者他有什么样的感受,或者他的感受为什么会是那个样子,这时,你敢开诚布公地说你了解自己的朋友吗？然而友谊长存,就在这样未知的模糊地带长存着,常常可以持续几十年。

在我的小说创作中,至少有三部作品——《上锁的房间》《巨兽》《神谕之夜》——都是直接描述男性友谊的,在某种程度上,它们就是有关男性友谊的作品。在每部小说中,凡在朋友之间总是有这样一块未知的真空地带,这里就成了戏剧上演的舞台。

生活中也有实例。在过去的二十五年间,我最亲密的朋友之一——或许是我成年后关系最亲近的男性朋友了——恰恰也是我所认识的人当中最不爱说闲话的一位。他年长于我(大我十一岁),但我们有许多相同之处:都是作家,都狂热地痴迷于体育运动,都有长久的婚姻,娶的都是非凡的女人,而且,最重要也是最难以解释的是,对于人应该如何生存——成人的道德——的问题,我们有着某种难以言说但却是共同的感受。然而,虽然我非常关心他,也一定会在他落难之际鼎力相助,但我们之间的谈话,近乎全是清汤寡水般的平庸套话,没有例外。我们交流的时候,要么简短地嘟哝几声,回答也是某种近乎速记的语言,外人是难以理解的。至于我们的写作(这可是我们两个生活的原动力啊),我们却很少提及。

要说这位朋友究竟有多守口如瓶,这里有件小逸事。几年前,他有一部新小说要出校样了,我告诉他我十分渴望拜读(有时候我们互相发送一些作品的原稿,有时候则会等待校样),而他说我很快就会收到一本。过了一周,包含书的邮件到了。我打开包裹,翻看样书,发现这是一本题献给我的书。我当然被打动了,事实上是深深地感动了——但问题在于:我的这位朋友对此只字未提。哪怕是小小的暗示,哪怕是蛛丝马迹般的征兆,都一无所有。

我想表达什么意思呢?我想说的是,我与这位朋友相识,却不相知。尽管有这样的未知地带,他依旧是我的朋友,我最亲爱的朋友。假如明天他走出家门去抢银行,我会感到震惊。但是,假如我听说他对自己的妻子不忠,在某个地方的公寓中包养了一位年轻的情妇,我会感到失望,但不会感到震惊。一切皆有可能,男人总会严守秘密,哪怕是对自己最亲近的朋友也不例外。倘若我的朋友在婚姻中有不忠行为,我会感到非常失望(因为他失信于自己的太太,那是一位我非常欣赏的女性),但我也会感到很受伤(因为他并不信任我,这意味着我们的友谊并不像我此前想象的那样亲密无间)。

(恍惚之间灵感闪现。最美好、最长久的友谊都源于赞赏。这是维系两人友情长盛不衰的基石。你赞赏一个人,是因为你赞赏他的所作所为、他的性格特征以及他通达的人情世故。这种赞赏之情,使他的形象在你的眼中得以提升,变得高大,最后把他摆在了高于自己的位置上。反过来,假如对方也赞赏你——那么他也会提升你的形象,使你变得高大,最后也把你摆在了高于他自己的位置上——这时,你们就处于绝对平等的状态。你们两个都奉献多于收获,也都收获多于奉献,而在这样互惠的交流中,友谊之花便盛开了。儒贝尔①在《笔记本》(1809)中说过:"人不仅

---

① 约瑟夫·儒贝尔(1754—1824),法国18世纪后期与19世纪初期的哲学家。保罗·奥斯特曾经翻译其著作《笔记本》(*Notebooks*),并写有介绍性的文章。

要交友,还要在内心深处维护友谊。友谊需要维持、关心和浇灌。"他还说,"一旦失去了对朋友的敬意,其友谊往往也就失去了"。)

2)男孩之间。童年是我们生命当中最紧张的一个时期,因为那时我们所做的一切大都是人生当中的第一次。我在这里只提一段往事,而这段记忆似乎能够强调指出:人在年轻的时候,甚至十分年轻的时候,友谊有着无限的价值。那个时候我五岁。我的第一位朋友——比利——闯入了我的生活,现在我已经想不起来他是怎样闯进来的了。我只记得他性格古怪但无忧无虑,很有主见,在恶作剧方面极具天赋(而这恰恰是我极为欠缺的能力)。他有很严重的语言障碍,一开口说话就唾沫四溅,不仅口齿不清,还语句混乱,旁人根本听不懂他在说什么——除了小保罗①,在充当他的翻译。那时的我们,大部分时间都消磨在新泽西州的郊区,在四周游荡闲逛,寻找死去的小动物——主要是小鸟,有时候也能找到青蛙或是花栗鼠——然后把它们带回家,掩埋在房屋周围的花坛下面。我们会举行庄严的仪式,架上手工制作的木质的十字架,不许大声笑。比利讨厌女生,拒绝在涂色书中描绘女性形体的画页上填色,而且,由于他最喜欢的颜色是绿色,他就自认为他的玩具熊的血管里流淌的血液也是绿色的。瞧,这就是比利!后来,到我们六岁半或者七岁的时候,他和家人搬到了另外一座城市。我伤心欲绝,那种难过如果不是持续了数月,也至少有几个

---

① 小保罗,即此信作者保罗·奥斯特。

星期,我渴望见到我已远走高飞的朋友。最后,母亲心疼我,允许我给比利的新家打了一个很贵的长途电话。我们谈话的内容我已记不清楚了,但我清楚地记得我当时的感觉,那番情景历历在目,犹如我还记得今天早晨我吃了什么早餐一般。那种感觉,只有后来在我的青春期,给自己爱恋的姑娘打电话时才有过。

你在信中把友谊与爱情区分开来了。我们很小的时候,在情欲生活开始之前,两者没有区别。友谊与爱情是一体的。

3)友谊和爱情并非一体。男女有别。婚姻和友谊也有差别。最后一次引用儒贝尔(1801):"不要选择那些如果她是男人你就不会与之交朋友的女人为妻。"

我在想,这真是个相当荒诞的说法——一个女人怎么能成为一个男人呢?——但这句话的重点,在本质上与你所引用的福特在《队列之末》中的说辞颇为接近,他的话既风趣又异想天开:"男人是为了能和女人谈谈才和她上床的。"

婚姻首先是一场对话,如果丈夫和妻子找不到一种成为朋友的方法,那么婚姻就难以维系。友谊是婚姻的组成部分,但婚姻则是一场不断演化、对所有人开放的竞赛,是一项不断前行的工作,不断要求人深入自己的内心并在跟对方的关系中重塑自我;与此同时,友谊则显得纯洁而简单(我指的是,在婚姻之外的友谊),往往更安定、更文雅、更浅显。我们渴望友谊,因为我们都是社会人,从生到死,注定要与他人一起生存,不过一想到即使是在最美满的婚姻中,夫妻之间有时也要爆发冲突,有激烈的争吵、头脑发热的辱骂、甩门而出、摔碎陶器等,这时候,人们很快就会明白,这样的行为在友谊的雅室之内是无法容忍的。友谊意味着彬彬有礼、友好善良、情感稳定。对彼此大喊大叫的人,很难再继续做朋友了。而丈夫与妻子则不同,他们虽然对彼此大喊大叫,但通常不会因此分道扬镳——而且婚姻还总会很幸福。

男人和女人可以成为朋友吗?我想是的。只要彼此没有肉体上的吸引力就可以。然而,一旦性介入进来,平衡就会被打破,原有的一切都会烟消云散。

4)未完待续。但友谊的其他方面也需要加以探讨:a)枯萎和凋零了的友谊;b)在并无共同旨趣的人之间所产生的友谊(工作上的友谊,学校里的友谊,战争中的友谊);c)友谊的同心圆排列:从知己密友,到不太亲密但很喜欢的人,再到居住地遥远的友人,还会有和蔼可亲的熟人等等;d)所有您在信中提到而我还没涉及的情况。

致以来自炎热的纽约的最热烈的问候!

保罗

2008 年 9 月 12 日

亲爱的保罗:

对你 7 月 29 日的信函做个答复——迟复为歉。

多萝西①到欧洲(瑞典、英国)参加学术会议去了。她欧洲之旅的后半段简直是一场噩梦——她患上了支气管炎,不得不取消在英国国内的旅行计划;而昨天她又摔了一跤,这下她就更难四处走动了。她预计在下周回澳大利亚。

也有好消息:多萝西会陪我去埃什托里尔(葡萄牙)②。我们都很期待这次出行,期待着再次见到你和西丽③。

致以良好的祝愿!

约翰

---

① 多萝西·德莱佛,库切的伴侣,现为澳大利亚阿德莱德大学教授。
② 埃什托里尔,葡萄牙海滨度假城市。
③ 西丽·哈斯特维特(1955—),保罗·奥斯特的妻子,美国小说家、散文家。

2008 年 9 月 11 日

亲爱的保罗：

你在信中写道："最美好、最长久的友谊都源于赞赏。"如果要我把它当作一般规律来接受的话，我会慎之又慎——在我看来，它用在男人之间尚可，但用于女人之间就不够准确了——但我的确赞同它背后存有的那份情感。柏拉图写到过，我们渴望同龄人的敬重，并由此激励自己去追求卓越。在一个仍旧由达尔文、尼采、弗洛伊德所主导的时代，人们对敬重的渴望降至去追求那些不够理想的事物——如追逐权力意志，或渴求四处撒播基因，这已成为一种趋势。但在我看来，若把渴望得到人们的尊敬视为灵魂的原动力之一，就能得出一些非同寻常的深刻见解。比如，它可以解释竞技体育——人们的创造发明中没有可以与之相提并论的活动了——对人类来说，特别是对男人来说，为何如此重要。男人跑得更快或者将球踢得更远，并不是为了要让那些基因优良的漂亮女孩来向他们求偶，而是期望得到他们的同龄人——其他那些能够相互赞赏的男人——的赞赏。或许可以这么说吧，各行各业，大体莫过于此。

我也同意：在人们的眼中，一旦他/她羞辱了你，那就很难继续把他/她当作朋友了。或许，这也能够帮助我们解释为什么哪怕是在不道德的犯罪团伙中荣誉准则至今不衰的原因：在团伙当中，唯有所有成员都恪守荣誉准则、不相互瞧不起别人，才能把大家团结在一起。

你提到了童年的友谊。最近我惊觉到，我们作为父母，特别是青少年的父母，让我们的孩子知道我们对他们的朋友的感受——无论是同意他们结交新朋友，抑或评价其朋友是个"坏伙伴"——太过随意了。如果来生我再做父母，我一定会做得更细心、更周全。要一个孩子百般去猜想，自己的新朋友到底什么地方惹得自己的父母不喜欢他/她，这不公平。许多时候，小朋友身上有哪些不招人待见的地方，完全超出了孩子的知识范畴：比如，不同阶层的相互歧视，或是围绕着小朋友父母的八卦传言。有时候，小朋友对孩子真正的迷人之处——比如对性事颇有悟性——反倒让父母印象不良。

至于男人和女人之间的友谊，今我颇为好奇的是：当今男女交往的顺序为，先做情人，再做朋友，而过去却恰恰相反，先做朋友，再做情人。如果这种概括是正确的，那么，我们是不是把男女之间的友谊，在某种程度上，看成是高于男女之间的性爱的？认为他们是达到了某种超越单纯的相互性爱体验的阶段？一定会有人这样想：性爱之路是不可预测的，他们说，它不长久，也可能出人意料地走向它的反面；而友谊则恒定而持久，也可以激励朋友成为更优秀的人（就像你所描绘的那样）。

我以为我们还是应该对上述观点持一种怀疑态度,而不要急于去接受它以及由此得出的结论。比如说,一般的传统观念认为:做了长期朋友("只是"朋友)的一对男女,如果发展到肉体之爱的地步,则非明智之举。因为传统观念会说,与朋友上床平淡而乏味;性爱需求的神秘元素,在好朋友身上是找不到的。事实果真如此吗?兄弟姐妹之间乱伦的诱惑无疑恰恰就是彼此从完全熟知到神秘未知领域的一种相互吸引。

过去,乱伦是文学中的一大热门话题(穆西尔①、纳博科夫②),但现在似乎不是了。我不知道为什么。也许是因为,性是一种准宗教体验的观念——因此,乱伦是对诸神的一种挑战的观念——已经消失在稀薄的空气中。

祝好!

约翰

----

① 罗伯特·穆西尔(1880—1942),奥地利作家。
② 弗拉基米尔·纳博科夫(1899—1977),美国俄裔小说家、文学批评家。

布鲁克林
2008 年 9 月 22 日

亲爱的约翰：

  请转告多萝西，望她多多保重。支气管炎已经够糟了，摔跤更是雪上加霜。我相信（也希望）她没有伤到筋骨。西丽和我非常高兴她也能在 11 月份到葡萄牙来。

  我一直在旅途中——过几天又要出发了。因此现在还不能细说，但我保证 10 月中旬一回来，就对你的话题做出全面的回应。

  真有意思，你在信中提到了兄弟姐妹间的乱伦现象。而在我的新书中，也发生了这种事情（而且花了相当的篇幅）——的确如此，对两个人物来说，性是一种准宗教的体验（套用你的话）。难道说我已跟不上时代，无可救药了？也许吧。

  至于说赞赏，我指的是男人之间的友谊。至于其他更多的内容，容我回来后详述……

  握手！

  保罗

2008年10月28日

亲爱的约翰：

我原打算早点回信的,但回到纽约后就受肠道病菌的折磨,一直到今天早上才好。幸运的是,经过这次十七天紧张忙碌的旅行我仍然完好无损地回来了,只是在最后那天晚上,在完成了所有事情的收尾工作之后才开始不舒服。毫无疑问,这也在意料之中。因为你纯粹是在硬撑着,而一旦高压减退你就会明白,你把自己逼得太狠了。我期待着到葡萄牙做短暂的休息,过一段平静而安定的生活,差不多就算是度假吧。

上封信中你提到的"竞技体育——人们的创造发明中没有可以与之相提并论的活动了……",倒是让我想到去年夏天我们驾车游法国时就体育做过简短交谈。你有兴趣深入探讨这个话题吗？我读过你三十年前所写的《英式橄榄球(四)记》①,文章观点新颖,备受争议。如果你愿意再度涉入此领域,我很乐意奉陪。(我自己对这一主题的一

---

① 该文写于1978年。

个小小的贡献,就是《战争的最佳替代品》,收录在我的《散文集》中。那还是十年前受《纽约时报周刊》①之约,为其千禧年的一期专刊所撰写的文章。给我的命题作文是:简要地描述在上个千年之中最受欢迎的一项运动。我选择了足球。)

可供讨论的话题有:1)运动与进攻;2)参与运动与观看他人运动;3)对体育痴迷的现象与奥秘;4)个人项目(如网球、高尔夫球、游泳、箭术、拳击、田径)与集体项目;5)拳击:缓慢而又难以避免的衰落。可以相提并论的现象有:人们对田径运动打破纪录的态度越来越淡漠。四五十年前,整个世界都在热切地盼望着:跳高项目第一次突破七英尺高度,撑杆跳项目首次越过十六英尺高度,首次出现第一个冲破一英里跑四分钟大关的人。为什么现在对此缺乏兴趣了呢?6)作为戏剧、叙事和悬疑的运动;7)计时的体育项目(如足球、篮球、橄榄球)与非计时的体育项目(如棒球、板球);8)体育与商业;9)体育与民族主义;10)游戏之人。

致以良好的祝愿!

保罗

---

① 随《纽约时报》每周日出版的专刊,主要刊登一些较长的文章、时尚照片等。

2008 年 12 月 6 日

亲爱的西丽①：

您好吗？在葡萄牙时，流行性感冒袭击了所有评审组成员，我也只是刚刚康复。那段时间真是痛苦。希望您没有染上。

与您和保罗在一起的所有那些时光有多么快乐，无须我在此赘述了。

我附了一封信在这里，其中有些浅陋之见，我们最后在卡斯凯什②时，我曾答应过要发给你们的。麻烦您帮我打印出来交给保罗好吗？我非常喜欢那种贴上邮票的旧式的书信往来方式，但在目前情况下，我感觉自己很久都没有回过信了，所以我也需要借助互联网的力量了。

爱你们的，

约翰

---

① 这是库切发给西丽·哈斯特维特的 e-mail。——原文注
② 卡斯凯什，葡萄牙的地名。

致 P. A.①的信

亲爱的保罗:

2008年底,高级金融界出了问题,结果是,我们被告知,与几个月前相比,我们中的大多数人变穷了(这里的变穷,是在金钱意义上说的)。至于究竟发生了什么,迄今也没有人详细说明过,或许到现在也没能准确地搞清楚:它在专家中成了一个引发激烈讨论的话题。但没人会怀疑出问题了。

问题是:到底发生了什么事情?是真的出了问题,还是人们想象中的什么问题产生了真实的结果呢?比如,圣母玛利亚幽灵的传说,已经让卢尔德②成为一个日渐兴盛的旅游中心。

让我来列举一些真实的事件吧,它们才有可能使我们——作为一个国家、一个社会,而不只是散落各处的个人——突然有一天醒来就变穷了。

蝗虫泛滥,农作物一片荒芜。
有可能出现旱灾,连年的旱灾。
家禽瘟疫,牛羊尸骨遍地。

---

① P. A.是保罗·奥斯特的姓名首字母缩写。
② 卢尔德,法国西南部的一个朝圣城镇。

大地震会造成交通阻塞、桥梁断裂、工厂夷为平地、家园不复存在。

我国可能遭外国军队入侵,他们会洗劫我们的城市,掠夺我们的宝藏,抢走我们的食品,把我们变成奴隶。

我们被迫卷入一场长期的对外战争的旋涡,不得不将成千上万的青壮年送上战场,不得不把现有的资源用于购买军事武器。

外国海军会占领我们的海域,阻止那些来自我们殖民地的装有大批食品与贵重金属的船只靠岸。

承蒙天恩,2008年,没有这样的灾难降临。我们的生活一切照旧,城市完好无损,农场五谷丰登,商店的货物琳琅满目。

那么,到底是什么让我们变穷了呢?

我们得到的答案是:某些数字发生了变化。过去某些很高的数据,忽然之间就变低了,于是,我们就变穷了。

但是,数字1、2……9,不过是些符号而已,和字母a、b、c……z真没什么两样。所以,不可能因为数字本身的下降就导致我们变穷。一定是这些数字下降背后的什么事,让我们变穷了。

但是,在这些新的、下降的数字背后,到底是什么让我们变穷了呢?答案是:另外一组新的数字。这组受人指责的数字又代表着另外一组数字,那另外一组数字又代表着再一组数字,等等等等。

这种建立在一系列能指上的衰退何处是尽头?他们所

指涉的具体事情又到底在哪里:是蝗灾遍地还是外敌入侵?依我看,哪里都没有。世界一如既往。除了这些数据之外,一切都维持原样。

但我要追问的是:如果真的什么也没有发生,如果数字所反映的并非现实,不过是另外一些数字而已,那么,我们为什么必须接受我们现在比过去贫穷的定论,而且必须开始像真的变穷了那样过日子呢? 我还想问的是:为什么不能干脆抛开这组特别的数字——它们让我们不快乐又不能反映现实——然后为我们自己编造一些新的数字,或许能表明我们比过去富有的数字呢? 这些数字能够确切地反映我们自身的实际,我们储藏的食品充足,房顶坚固,内地遍布高产的工厂和农场,这样岂不更好?

人们对我的这个提议(这个"天真"的提议)的反应只是同情地摇摇头。人们告诉我说,我们所面对的那些数字,我们所继承的那些数字,确实描述了事情所发生的变化;那些从高到低的数字,从2008年年初到2008年年底的系列变化,其内在逻辑描述的是:真实的贫困状态已经呈现。

于是,我们陷入了一种僵局。一方面,像我这样的人并不相信发生了什么真实的变化,我要求出示确凿的证据以说明真相;而另一方面,那些知晓内情的人,态度也很明确:"你们根本就不了解这个体系是如何运作的。"

柏拉图在《理想国》第七卷中,让我们想象有这样一个社会:在那里,人们在清醒时分,都成排坐在一个黑暗的洞穴里,眼望各种各样的阴影若隐若现的屏障。他们从未有人走出过洞穴,也从未有人了解屏障上阴影之外的事物。

所有人都相信,他们在屏障上所看到的就是整个世界,且对此深信不疑。

有一天,这些人中有人碰巧站起来,跟跟跄跄走出了洞穴。他的眼睛因无法适应阳光而失明,但他的的确确看到了绿树、鲜花以及其他各式各样眼花缭乱、与他所熟悉的那些阴影毫不相像的事物。

闭上眼睛,他回到了同伴当中。他告诉大伙:我们现在的居住地其实是一个洞穴,洞穴之外别有天地,而洞穴外的世界与这里大相径庭。外面发生的才是真正的生活。

他的同伴都嘲笑他。他们说,你这个可怜的傻瓜,难道你没有意识到你看到的是个梦境吗?这里才是真实的(他们指向屏障)。

这就是柏拉图(公元前 427—前 348 年)所描绘的世界,弯腰驼背的人,若隐若现的屏障,目光短浅。

祝一切顺利!

约翰

又及:

我并非没有意识到,我提议编制一套全新的、"美好的"数字去取代那套陈旧的、"糟糕的"数字,还要把这些新数字安装到全世界的电脑里,其实就是在提议抛弃那个陈旧的、糟糕的经济制度,并用一种新型的、美好的制度取而代之——换句话说,就是要创建全球范围内的经济公平。

这样一项规划,我们现有的领导人既无天资,也无意志,更无愿望去实行。

2008年12月9日

亲爱的约翰：

你的"致 P. A. 的信"已到西丽的电脑里,她刚为我打印出来。不知道你是什么时候写或发出的,如果我的回信让你等了数日或是几个星期,还请你原谅。

在讨论柏拉图的洞穴以及我们所了解的人类文明的衰退之前,我想先告诉你和多萝西:在葡萄牙与你们在一起的那些时光,真是快乐无比。阳光、交谈、吃东西、不紧不慢的生活节奏——一切都令人难忘。是的,我们也确实熬着看了几部糟糕的影片,但有机会看到哪怕是一部精彩的影片,就足以补偿我们所受的那些煎熬了。

致 J. C.①的信

我们在这里所讨论的,我认为,是虚构的力量如何影响现实的问题,而我们这个世界上至高无上的虚构就是货币。除了是毫无价值的纸张外,货币意味着什么呢? 如果说那

---

① J. C.是库切的姓名首字母缩写。

张纸有其自身的价值,那也只是因为众多的人选择了要赋予它以价值。这种货币的运作体制靠的是信任。靠的不是真理或现实,而是共同的信念。

你所指的数字就脱胎于这种信念。那些数字代表着钞票,而在大多数的金融交易中(比如说,股票交易和银行交易,就与购买食品杂货形成了对照),钞票不见踪影、转化成了数字。数字与数字对接,于是我们被推入一个纯粹抽象的国度。由此可见,你所喻指的柏拉图的洞穴说该是多么恰当。那些数字不过是墙壁上闪烁的阴影而已。或许,就像西丽的父亲常说的:世上有两种人,一种人为钱工作,而另一种人钱为他工作。

现在,我们进入了一个那些数字已经开始威胁我们的时期。我同意你的观点,现有的危机似乎并不真实,与任何具体的事物都毫无瓜葛。由于对未来抵押贷款所进行的愚蠢而冒险的投资(数字与数字对接)导致银行纷纷倒闭,于是不得不出台数十亿美元的紧急救助计划,人们忽然发现,对经济运作体制的信任(那是对自己所创建出来的虚构的集体信念)正在摇摇欲坠。昨天,风平浪静;今天,惶恐不安。

不幸的是,并不比昨天的风平浪静更源于现实的这种惶恐不安,已经产生了一种显性的效果——它与你所说的蝗灾、瘟疫所产生的恶果同样可怕。

我指的是所谓的信贷危机。现在的银行已极度恐慌,不敢贷款给任何人了。我们来设想一下,你是一家生产扶手椅的小企业的业主。需要购买新的设备来保持企业的正常运转,可由于你手头没有足够的现金用来支付,你就到一家银行去申请贷款。银行拒绝了你,而由于你不能购买新的设备,企业就无法生存,于是,你被迫解雇了一半的员工,宣告破产,干脆关门大吉。

仅在上个月,美国失业人口就超过了五十万。惶恐不安已导致失业问题日渐严重,而失业的人是真的贫困潦倒——尽管从表面上看,正如你所提到的,我们的食品柜依旧是货物充足。

惶恐不安终结之时,才是这场危机终结之日。但是,有什么办法能够化解这场危机,对我还是个谜。

你所提到的编造一套新的数字的观点可能是个开端。那天,我想到了另一种解决方案:放手让各国政府印制大量的钞票,然后给全世界的每一个人都发放成千上万的美元。我的想法肯定有漏洞(我是不是忽略了通货膨胀飞速上扬的可能性?),但是,如果我没有理解错的话,当下的紧急援助计划正是以这种简单的方式来解决问题的:印制更多的钞票。

祝一切顺利!

保罗

2008 年 12 月 14 日

亲爱的约翰:

直到昨天,在你发出一周之后,"致 P. A. 的信"前面的附信才出现在西丽的电脑里。不知怎么搞的,西丽先前没有看到它(到了数字化的生活之中,我们两个就显得无可救药了)。我很高兴你在葡萄牙过得很开心,我也一样;但很遗憾知道你得了流感(我秋季的时候得过一次重感冒,因此对那些微生物多么令人讨厌一清二楚)。我相信你现在已经康复了,因为你那封思维缜密的信不可能出自一位病人之手。

你在信中提到了电影节,这让我想起了一段离奇的经历,我很愿意讲给你听一听。那是 1997 年,我在戛纳电影节上做评委。那年恰逢电影节的五十周年纪念日,于是,组织者决定尽可能地把过去的历届获奖者都召集来,好让大家拍一张大型集体照。出于某种原因吧,评委们也应邀去照了相——这就是我出现在那一百多人合影中的来龙去脉。

现在看这张照片,我发现,在导演当中我能认出的有:

安东尼奥尼①、阿莫多瓦②、瓦伊达③、约翰·布尔曼④、大卫·林奇⑤、蒂姆·伯顿⑥、简·康平⑦、奥尔特曼⑧、文德斯⑨、波兰斯基⑩、科波拉⑪、科恩兄弟⑫、迈克·李⑬、贝尔托卢奇⑭和斯科塞斯⑮。演员包括:吉娜·劳洛勃丽吉达⑯(!)、劳伦·白考尔⑰、约翰尼·德普⑱、维托利奥·加思曼⑲、克劳迪娅·卡汀娜⑳、丽芙·乌曼㉑、夏洛特·兰普

---

① 米开朗基罗·安东尼奥尼(1912—2007),意大利电影导演、编剧、作家。
② 佩德罗·阿莫多瓦(1949—),西班牙电影导演、编剧、制片人。
③ 安杰依·瓦伊达(1926—2016),波兰电影导演。
④ 约翰·布尔曼(1933—),英国电影导演,长期居住在爱尔兰。
⑤ 大卫·林奇(1946—),美国影视导演、音乐家。
⑥ 蒂姆·伯顿(1958—),美国电影导演、制片人、作家。
⑦ 简·康平(1954—),新西兰剧作家、电影制片人、导演。
⑧ 罗伯特·奥尔特曼(1925—2006),美国电影导演、编剧。
⑨ 维姆·文德斯(1945—),德国电影导演、制片人。
⑩ 罗曼·波兰斯基(1933—),波兰裔法国电影导演、制片人、演员、作家。
⑪ 弗朗西斯·科波拉(1939—),意大利裔电影导演、制片人、编剧。
⑫ 科恩兄弟指乔伊·科恩(1954—)和伊坦·科恩(1957—),两人均为美国电影制作人。
⑬ 迈克·李(1943—),英国作家,电影与戏剧导演。
⑭ 贝纳尔多·贝尔托卢奇(1941—2018),意大利电影导演、编剧。
⑮ 马丁·斯科塞斯(1942—),美国电影导演、编剧、制作人、演员。
⑯ 吉娜·劳洛勃丽吉达(1927—),意大利电影女演员,1950年代和1960年代初,是欧洲最有名的演员之一。
⑰ 劳伦·白考尔(1924—2014),美国女演员、模特。
⑱ 约翰尼·德普(1963—),美国演员、电影制片人、音乐人。
⑲ 维托利奥·加思曼(1922—2000),意大利戏剧与电影演员、导演。
⑳ 克劳迪娅·卡汀娜(1938—),意大利女演员,1960年代和1970年代,在欧洲主要的影片中几乎都有她的身影。
㉑ 丽芙·乌曼(1939—),挪威女演员。

林①、毕比·安德松②、瓦尼莎·莱德格雷夫③、伊莲娜·雅各布④、海伦·米伦⑤、让娜·莫罗⑥和安杰丽卡·休斯顿⑦。

在我们合影之前,有个鸡尾酒招待会,酒会大约持续了一小时。我不确定曾经置身于过同样一个人气过盛的大厅。那种感觉就像任何人都想跟其他所有的人会面与交谈,由于聚会而引发的激动让这些大牌明星和传奇人物个个都变成了极度活跃的小学生。

我身在其中,被介绍给好多人,和其中的一些人进行了简短的交谈,然后,在大家转来转去的混乱中,我忽然发现正在和我握手的人是查尔顿·赫斯顿⑧。在这个大厅的所有人中,我最不愿与之交谈的人就是他了——这不仅因为我认为他演技差(动作僵硬、牵强附会、华而不实),而且我发现他的政治立场也令人厌恶。你可能知道,他与全美步枪协会⑨关系密切,总是发表一些可恶的右翼言论,这些言论还总能成为美国媒体关注的焦点。但我能怎么办呢?不

---

① 夏洛特·兰普林(1946—),英国女演员。
② 毕比·安德松(1935—),瑞典女演员。
③ 瓦尼莎·莱德格雷夫(1937—),英国影、视、剧三栖女明星。
④ 伊莲娜·雅各布(1966—),法国著名女演员。
⑤ 海伦·米伦(1945—),英国女演员。
⑥ 让娜·莫罗(1928—2017),法国女演员、编剧、导演和歌星。
⑦ 安杰丽卡·休斯顿(1951—),美国女演员。其父亲和祖父均为著名演员。
⑧ 查尔顿·赫斯顿(1923—2008),美国影、视、剧三栖明星,也是位政治活动家。
⑨ 全美步枪协会,是成立于1871年的一个非营利组织,倡导个人拥有武器。

可能在那样的时间与场合去指责他吧,而很快我就意识到自己陷入困境了。赫斯顿并不知道我是谁,这很自然,但他也受大厅气氛的感染,情绪高昂,在与我聊天时,谈兴甚浓。他在说,我在听,在接下来的十分钟或者十五分钟的时间里,他回顾了自己早期来到戛纳的经历,谈到了他漫长的从影生涯,提到他认为这个聚会真是美妙无比,还说在这么多才子佳人面前他感到自己是多么渺小。尽管我对他有成见,但我必须承认,在某些方面,他真是一个"绝对的好人"。

几天后,电影节结束,我也回到了纽约。两三天之后,我去了芝加哥。我答应过我美国的出版商去出席一年一度的图书博览会。我在那里的任务是朗读自己将于当年秋季出版的一本书的片段。我抵达的当天是个周六。在酒店登记入住之后,我就搭乘出租车去了麦科米克会展中心——我发现,这地方巨大无比,差不多有五十架飞机的机库那么大,但地上的每一寸土地都挤满了出版商的展台,有成百上千家出版商的展台。等我找到亨利·霍尔特出版公司[①]的展台时,我的膀胱都要憋坏了。有人给我指了指男厕的方向(大约有一英里半的路),我就向那个方向走去,快速地穿过一个又一个过道,路经几十个出版商的展台,而在我就要走到的时候,我往右匆匆一瞥,坐在那里一张桌前在书籍上签名的,正是查尔顿·赫斯顿,就是一周前我在戛纳电影节上见到的查尔顿·赫斯顿。他头顶上方的横幅写着:全

---

① 美国最古老的出版社之一,建于1866年。

美步枪协会。不用说,我没有停下来寒暄一番。这位"绝对的好人"又回到了他的本色当中,我自然也不愿与他交谈。但我还是感到有点不解。我也感到奇怪,刚刚在法国电影节上见过他,几天之后就又在芝加哥的书展上碰到他,这样的概率到底有多大?

我朗读了自己的作品之后,第二天上午,也就是周日,我就飞回家了。第二天,也就是周一,我被安排与法国女演员朱丽叶·比诺什[1]在曼哈顿共进午餐。她正在考虑是否要接受邀请,在我当时正准备拍摄的电影《绿宝机密》[2]中出演一个角色(那是另外一个话题了,放在这里说就太复杂了)。我在正午稍过来到她的酒店——是麦迪逊大道上一个叫作马克的酒店,小巧,典雅,但价格昂贵。我告诉朱丽叶·比诺什我到了前台,然后就在大厅里踱步,等她下楼。大厅里冷冷清清,除了前台后面的职员和我以外,空无一人。大约过了一分钟,电梯门开了,里面走出一个人——一位身材高大的老年人,他身体略微前倾,步履迟缓。他开始朝我这个方向走来,刹那间,我意识到,我正在注视着……查尔顿·赫斯顿。

他抬起头,注意到我后停了下来。认出人的眼神在他的眼睛里闪烁。他向我招招手,然后微笑着说:"我在什么地方见过您,对吗?"

"我们上周在戛纳见过,"我说,"我们在集体合影前还

---

[1] 朱丽叶·比诺什(1964—),法国女影星、艺术家与舞蹈家。
[2] 该影片由保罗·奥斯特导演,1998年在美国首映。

聊了一会儿。"

"啊,想起来了,"他说,真诚地微笑着,然后伸出手和我握手,"真高兴再次见到您。"

我没提在芝加哥的事情。

他问我一切可好。很好,我说,就是挺好的。我问:那您呢?您近来怎么样?他说,很好,也是就挺好的。然后,他就继续向前,缓缓地通过旋转门走了出去。

我想说明什么呢,约翰?类似的事情也在你身上发生过,还是说,我是独一无二遇到此事的人?

保罗

2008 年 12 月 30 日

亲爱的西丽①:

我有两个问题请教,也是请你们帮我两个忙,一个是请教您的,另一个是请教保罗的。麻烦您把第二个问题转给保罗好吗?

1)我受邀为塞缪尔·贝克特② 1929 至 1940 年间通信集的最新版本撰写一篇评论。在 1930 年代中期,贝克特接受了威尔弗雷德·比昂③的治疗。我记得您对比昂这个人有一定的了解,对吗?有没有一本出色的著作或是一篇优秀的文章谈到过比昂的治疗方法呢?

2)正在商议中的这个版本似乎在贝克特的文学书信

---

① 这是库切发给西丽·哈斯特维特的 e-mail。——原文注
② 塞缪尔·贝克特(1906—1989),1969 年诺贝尔文学奖获得者,爱尔兰先锋派小说家、戏剧家、诗人,使用英语与法语写作。库切在美国得克萨斯州立大学奥斯汀分校毕业时所撰写的博士论文,就是关于贝克特的早期小说的。
③ 威尔弗雷德·比昂(1897—1979),英国著名精神分析学家,1962 至 1965 年曾任英国精神分析学会主席,被认为是继弗洛伊德之后最伟大的精神分析学家。

和私人通信之间划出了一个鲜明的界限。私人通信一概不收录。该书的编辑似乎也下定了决心不涉及任何贝克特的私人生活。这么做的一个后果是:阅读书信集的读者会感到莫名其妙,为什么贝克特会不停地穿梭于都柏林、巴黎、汉堡和伦敦之间呢?(大多数情况下,读者会猜想,唯有情爱才会令人如此奔波啊。)

编辑们对贝克特的侄子和贝克特家族都表达了万分的感激之情。

我的问题是:你与爱德华·贝克特①打过交道吗?在他如此掌控贝克特的全部资料后,有无一个明确的计划呢?

祝一切顺利!

约翰

---

① 爱德华·贝克特系塞缪尔·贝克特的侄子,在贝克特身后负责其作品的有关事宜。

2008 年 12 月 30 日

亲爱的保罗：

  我上次提到的"世界金融危机"，看来要持续到新的一年了。此时此刻，我想我应该不要再扮演经济事务评论员的角色了。我想到了埃兹拉·庞德，他的精神迷茫就始于1930 年代的大萧条时期。那时候，他以为自己能够看透经济运转的模式，而其他人则因为被虚构的事物所蒙蔽而看不清世事。他很快就把自己变成了格特鲁德·斯坦因所说的"乡村解说员"埃兹大叔。

  在地球的南半边，现在正值盛夏时节。我周日的大部分时间都是(在华尔街的阴影之下！)坐在电视机前看板球比赛，这是澳大利亚国家队与南非国家队之间为期五天比赛中的第三天。我深陷其中，动情地投入，总是迟迟不肯离开。为了看这场比赛，我把两三本看了一半的书都扔在了一边。

  板球已经有上百年的历史了。像所有运动项目一样，你需要做出的招式就那么多，所引发的结果也是那么多。因此，2008 年 12 月 28 日星期天在墨尔本举行的比赛，无论从哪个方面看,都可以算作在复制另一个时间、另一个地点的一场比赛而已。年届三十后,所有认真的观众必定都会看到似曾相识的时刻——不仅是时刻,该算是时间段了。人们不禁感慨:过去也是这么打的啊。然而,对一本好书,你能说的一件事却是:从前还没人这么写过呢。

那么,为什么要花时间瘫坐在电视机前看一群年轻人打板球呢?我承认,这的确是在浪费光阴。我得到的只是一种体验(一种间接的体验),但感觉不到它对我有任何的益处。我一无所获。离开电视机的时候也是一无所有。

这种感觉你熟悉吗?能引起你的共鸣吗?体育运动难道就像罪过:人们不赞成它,但又屈服于它,就因为世俗凡人是软弱的?

您永远的,

约翰

2009 年 1 月 1 日

亲爱的约翰：

关于比昂，西丽会单独给你回信……但说到贝克特的侄子，恐怕我跟他没有直接打过交道。但几年前，在整理贝克特作品一百周年纪念版的时候，我听格罗夫出版社的编辑说起过，爱德华很喜欢那个出版计划，也给予了全力的支持。如果你需要亲自与他联系的话，这很容易，我可以通过我在英国的出版商——伦敦费伯＆费伯出版社——为你安排这事。你知道，他们多年来一直拥有贝克特戏剧的版权，但最近，通过在那里工作的一位青年才俊斯蒂芬·佩奇的努力，他们又买断了约翰·考尔德①的作品，现在还拥有所有贝克特的散文的版权。很显然，爱德华肯定参与到了所有这些版权的谈判事务之中。

据我所知，多年来，爱德华有关是否同意他叔叔的作品演出或出版的态度，有些反复无常，是为了努力遵从 S.B.②

---

① 约翰·考尔德既是出版商也是作家，是贝克特的朋友。
② S.B. 是塞缪尔·贝克特的姓名首字母缩写。

的意愿;他在想假如有些反复无常的S.B.还在世的话,遇到各种情况会怎么做。但我以为,像这样把文学书信与私人通信截然分开毫无道理。几年前,S.B.书信集的一位编辑(是埃默里大学教授,如果我没搞错的话)跟我联系,我把从贝克特那里收到的所有笔记和书信的影印件都寄给了她。据她说,他们想要出版一套通信全集,正潜心于他们肯定要耗费许多年的这项工作。历经辛劳后,其第一卷似乎已完成。

谁是这本书的出版商呢?——你又在为谁撰写评论文章?

说到贝克特的旅行,我不敢肯定爱情是促使他出行的动因。诺尔森①在贝克特的传记中提供了他不少来来往往的信息。很多事情我现在都记不清了,但我相信贝克特从三一学院毕业之后首次赴巴黎是为了教职。他在那里待了一到两年吧,然后返回都柏林,在那里教了一段时间的书,然后身体就开始垮了。他到伦敦去的主要原因是去接受比昂的治疗(我想)。他多次到德国,多半是去看艺术。他在那里认识的唯一女性应该是个名叫佩吉·辛克莱的人(是一位姻亲的女儿,是贝克特的初恋,但她年轻时就因肺结核去世了)。

这些内容可能对你帮助不大,但你可以查看诺尔森的著作,看是否与我的记忆相符。如果我没记错的话,他在比

---

① 詹姆斯·诺尔森,英国雷丁大学教授,系贝克特的朋友,著有《贝克特生平》。

昂身上可是花了不少笔墨呢。

祝您和多萝西新年快乐！

保罗

2009 年 1 月 5 日

亲爱的保罗：

谢谢你纠正了我对贝克特侄子的错误认识。我本来以为新的《书信集》的编辑们要在文学书信与私人书信集之间划出一条明确的界限，可能是贝克特遗产所有人的主意，这是我当时的猜测——错误的猜测啊。

出版商是剑桥大学出版社。我的评论会刊登在《纽约书评》上。

关于查尔顿·赫斯顿：在我看来，在电影节那样的场合你不断碰到这样那样的人，这倒不奇怪。奇怪的是你碰到的居然是查尔顿·赫斯顿。听上去怎么有点像弗洛伊德解析梦境那本书中的一个梦啊。

致以良好的祝愿！

约翰

巴黎
欧比松酒店
2009 年 1 月 10 日

亲爱的约翰：

你 12 月 30 日言辞活泼而又诙谐的来信，是我启程去机场前两个小时收到的。现在我又身在欧洲了，寒冷的巴黎，恰好正午，我坐在酒店的房间里，本希望能够睡个午觉，好让我抵消一点一夜未眠带来的影响，但还是无法入睡。请原谅我使用这可笑的信纸，也请原谅我用了这糟糕的圆珠笔。不知何故，巴黎酒店的客房里没有配备打字机。

你能撇开我们对经济思考的话题，这着实令我高兴。那个话题，我没什么资格去谈它。不用说，我是普世幸福观的一个热诚的信仰者。我愿全天下每个人都有一份心满意足的工作，每个人都能挣到足够的钱以摆脱贫困的威胁，但我却不知道怎样才能实现这样有价值的目标。所以，我还是把这类话题放到一边，自己保持沉默为好。

关于查尔顿·赫斯顿传奇，最后再说几句。你认为我们之间的偶遇所以有可能,是因为我们都在一个电影人的环境中游走,在同一个圈子中旅行。但事实是,只有第一次相遇才与电影有关。第二次发生在芝加哥的图书博览会,第三次则是在纽约一家酒店的大堂。所以我才有那样的困惑与惊奇,我觉得这些相遇完全难以置信——好像这些事件(如你所说)并非来自现实生活而是来自梦境一般。

上周我重读了《罪与罚》,这不是第三就是第四遍了。我突然被其中的情节设置吓到了,因为它们与查尔顿·赫斯顿的故事何其相似啊。两个毫不相关的人不知怎么就成了邻居。杜尼亚的未婚夫居然就那么巧,与索尼亚的继母住在了同一幢楼中。那个差点毁了她(杜尼亚)的男人,也就那么巧,住到了索尼亚的隔壁。难以置信吧?是的,但它对营造一个狂热之梦的外部环境来说绝对有效,而这也恰恰带给了这部小说巨大的魅力。我想,我要表达的是,有些发生在我们身上、出现在现实世界里的事情,颇似虚构;而一旦虚构最终成真,那么,或许我们就必须重新思考我们为现实所下的定义了。

观看体育类电视节目

我同意你的观点,观看体育节目是一项无用的活动,完全是在浪费时间。但是,我自己平生像这样简简单单地浪费了多少时光呢?又有多少个下午我像你在12月28日一样在虚度岁月呢?把那些浪费的时光加起来,数字肯定惊人,而光是这么想想,就让我充满了不安啊。

你提到了犯罪（当然是玩笑了），但是，或许真正的术语应该是负疚的愉悦，或者干脆就是愉悦。以我为例，我所感兴趣并且一直定期观看的体育项目，都是那些我从小就喜欢参与的运动。人一旦深入地了解并理解了一项运动，就能够欣赏专业运动员的那份威猛，以及常常令人眼花缭乱的技巧。比如说，我一点都不关心冰球，因为我从来就没有打过，对它是一点都不了解。还以我为例，我倾向于关注并追踪某些特定的队伍。当你熟悉了每一个队员、对他们如数家珍之后，你就深陷其中了，而这种熟知提升了一个人容忍无聊的能力，它足以让你应付运动中大多数的时候都毫无变化的那种沉闷时刻。

毫无疑问，比赛本身有一种强烈的叙事成分。我们密切关注交战双方比分的起伏波折，就是为了要知道最终的结局。但不一样，这与阅读一本书可不太一样了——至少不像你我努力想写的那类书籍。但或许，它与类型文学有更加密切的关系吧，想想悬疑小说或是侦探小说之类的……

【刚才，意外接到一个朋友的电话，他就在楼下等我。我得出去一趟，回来后我接着写。】3个小时之后：

……那些全都是同类书，无休止地重复一遍又一遍，同一个情节之下，不过是换了成千上万的细枝末节而已，然而，公众偏偏对这类小说如饥似渴永不满足。仿佛每一部小说都是一种仪式的再度上演一般。

比赛的叙事方面,是的,它吸引着我们的目光,直到比赛结束,直到最后的一秒钟,但总的来说,我还是倾向于把体育运动看成一种表演艺术。对很多运动项目与比赛,你肯定抱怨过它们沉闷无比还似曾相识。但这种情形,在你去听自己喜爱的贝多芬钢琴奏鸣曲的独奏表演时,不也同样发生过吗?你对那首曲子早已了熟于心,但你还是想听一听这位不寻常的钢琴家是如何演奏它的。平庸的钢琴家和运动员比比皆是,但忽然之间就有人闪亮登场,让你为之惊艳。

我不知道,是不是曾经有过两场一模一样的比赛,纯粹为了比赛而比赛。也许有吧。所有的雪花都是相似的嘛,但人们共有的智慧也承认,每一片雪花都是独一无二的。六十多亿人居住在这个星球上,想想吧,每个人的指纹都彼此不同呢。我看过的棒球比赛数以百计——或许数以千计——几乎每一场都有某些细节或是情况,是我在其他比赛中从未见到过的。

新事物中有愉悦,已知事物中同样有乐趣。品尝一个人喜欢的食物会带来乐趣,性爱也会使人愉悦。无论一个人的性爱生活多么富有异国情调或者复杂多变,高潮就是高潮,而我们所以愉快地期待它,就是因为它在过去曾经给我们带来过愉悦。

尽管如此,放着桌上的书不去读,一个人在电视面前一坐一整天,只是看着年轻人在相互撞击身体,还是会感到相当愚蠢。你都不知道时光是怎样溜走的,而更糟糕的是,你支持的球队还输掉了比赛。所以,我在巴黎这里要说,尽管我知道明天有一场橄榄球赛,是纽约巨人队与强大的费城队之间的一场关键的季后赛,但我不能再去看了——为此我深以为憾啊。

跨越大洋大洲,送去我诚挚的敬意!

保罗

2009 年 1 月 26 日

亲爱的保罗:

你似乎把体育主要看成是一种美学事务,而把体育观众的愉悦主要当成一种审美享受。我对这种看法半信半疑,大概有几个原因。为什么足球造就大财团,而芭蕾舞剧——其美学吸引力自然远在足球之上——却不得不寻找赞助?为什么人们对机器人之间的"体育"竞赛了无兴趣?为什么女人没有男人那般热衷于体育运动?

对体育进行美学研究所忽视的一点是,体育满足了人们对英雄豪杰的那种需求。这种需求在小男孩当中最为强烈,他们小小年纪,得以过着充满生机和幻想的生活;我怀疑,正是这种残余的青少年时期的幻想,才让成年人依旧痴迷于体育运动。

我在回应体育的美学意义时,其实是在讨论其中的优雅时刻(优雅:一个多么复杂的词汇啊!),那些时刻或者动作(又一个有趣的词汇)并非理性规划而成,倒更像是自天而降、赐予凡尘俗世运动员的一种祝福,在那样的时刻,一切顺顺当当、水到渠成,观众们甚至都不愿欢呼,而只是送上无声的谢意,那时他们不过是现场的见证者罢了。

但是,什么运动员会希望自己在运动场凭借优雅获得人们的赞许呢?就连女运动员也不会给你好脸色。优雅,温文尔雅:都是过于女性化的词汇。

如果我反观自己的内心世界且自问,为什么在我人生的暮年,我会依然——有时候——乐意花上数小时看电视直播的板球比赛呢,我必须坦白,不管它听上去多荒谬,多不满足,我是在继续寻找英雄主义的时刻,寻找高尚的时刻。换言之,我的兴趣点是在伦理而非美学。

我说荒谬,是因为当代职业体育对伦理毫无兴趣:我们呼唤英雄,他们却只给了我们英雄式的表演。"我们迫切需要面包,你们给我们的却是石头。"①

赛后采访是常事。那个一两个小时里一直就像要离开我们、升入另一个国度——与神圣仅一步之遥——到英雄生存的地方去的人,被迫恢复他凡尘俗子的状态,换句话说,例行公事地受辱了。"是的,"他被迫说,"我们为这场比赛拼得很凶,收到了成效。这是全队努力的结果。"

拼得很凶不是为了成为英雄。换言之,你为英勇的竞赛所做的准备并不是"拼",也不属于生产与消费的环节。塞莫皮莱②的斯巴达人共同作战一起牺牲;他们个个都是

---

① 原文中的这句话虽然使用了引号,但并未给出出处。从文句上看,应该是出自《圣经·马太福音·第七章》,称耶稣在布道时问道:"你们中间有哪个人,孩子向你要面包,而你给他的却是石头?"意指:人类即使是戴罪之身,但在对待孩子的时候也会心存怜悯尽量满足孩子的愿望。

② 古希腊山隘,现为希腊东部多岩石平原。

英雄,但他们不是一支英雄的"队伍"。一支英雄的队伍,这属于矛盾修辞。

一切顺利!

约翰

布鲁克林
2009 年 2 月 2 日

亲爱的约翰：

我认为我们在这个问题上没有分歧。我从巴黎发出的信件主要是回应你对观看电视转播的比赛的评论（这话题很窄，在体育这个大的话题中，不过是小话题中的小话题罢了），为什么我们都已是成年男人了，还要选择浪费一整个的周日下午，观看距离遥远的球场上的年轻运动员的那些基本上毫无意义的活动？所谓负疚的愉悦，不过是在比赛结束之后经常让我们对自己感到被掏空和厌恶的那种愉悦罢了。

从尽可能广阔的视野来看，我的感觉是：体育的主题可以分为两大类：主动的与被动的。一方面，是自身参与到体育之中的体验；另一方面，则是观看他人比赛的体验。既然我们已经好像开始讨论后者了，那我就尽力把自己论述的重点，限定在迄今我们所讨论的那部分之内。

你所提到的伦理问题，对特别年轻的人来说尤其重要。你崇拜你的神明，想效仿他们；每一场竞赛都成了生死攸关之战。但是,到了我这个年龄,这些崇拜、效仿、拼搏之类的东西明显减弱了,我往往发觉自己保持远得多的距离观看比赛,寻找"审美享受",而不是通过他人的行动去证明我自身的存在。我就不在这个问题上多啰嗦了,我们也放弃老人的视角吧,让我们回到从前,试着回忆一下,在那遥远的过去我们身上都发生了些什么。

你使用了一个词"英雄",这恰如其分,而且无疑对我们理解痴迷的本质至关重要。痴迷,必然发端于生命觉醒的晨曦阶段。但是,把英雄行为与幼儿时期相联系,这意味着什么呢?我认为,对于男孩子来说,它在很大程度上关于男子气概、性别差异、准备成为一个男人……而非女人的观念有关。

我养育了两个孩子———一男一女——我曾被他们两个大约在三岁时所出现的性别认同的意识深深吸引(而且常常令我开怀大笑)。他们两个,从那个时候开始,通过过度的、绝对夸张的模仿在告诉人们,作为一个男人会怎么样,作为一个女人又会怎么样。对男孩来说,全都是在模仿《超人》《无敌浩克》以及想象中被赋予了魔法和摧毁一切力量的那些人物形象。对女孩来说(她在两岁的时候曾经问大人,她能不能以及到什么时候才能长出小鸡鸡来),呈现出来的就是晚装鞋、微型高跟鞋、芭蕾舞短裙、塑料王冠,而且着迷于芭蕾舞女演员和童话中的公主。当然了,全都是些经典玩意儿,不过由于要男孩和女孩理解他们是男孩和女孩是需要一段时间的,他们在性别识别阶段初期所迈出的第一步必定是极端化的,也会以各自固定化的性别象征以及男女的外在服饰为特征。一旦这种意识确定了(大约在五岁的时候?),先前那个坚持在所有时刻都要穿裙装的女孩,就有可能快活地换上一条裤子而不必担心再变成一个男孩了。

1950年代早期,我还是个美国小男孩,对男性生活的模仿始于扮演美国牛仔。看重的也都是些外在的装饰品——牛仔靴、牛仔帽、装在枪套里的六发左轮手枪。因为有自尊心的牛仔不可能会叫"保罗",因此,每当我身着狂野西部牛仔服的时候,我都坚持要妈妈喊我"约翰"——只要她忘了这茬儿,我就不搭理她。(你不太会碰巧也是美国牛仔,对吧,约翰?)

但随后——具体什么时候我记不清楚了,但一定是在四五岁之间的某个时候——我又有了新的爱好,痴情于新的标志、新的领域去展现自己的男性特征。我迷上了橄榄球(那是美国的化身)。那之前我从未打过橄榄球,一点也不了解它的规则,但应该是在什么地方、通过什么途径(报纸上的照片?电视上的转播?),我的头脑中有了这样的印记:橄榄球运动员是现代文明中真正的英雄。还是同样,看重的全都是些外在的装饰。与其说我想打橄榄球,倒不如说我想要穿成一个橄榄球运动员的模样,想要拥有一套橄榄球衣,而一向娇惯我的母亲真的满足了我的愿望给我买了全套服饰。头盔、垫肩、双色相间的运动衫、耷拉下来盖住我的膝盖的特制短裤,还有一个皮质橄榄球——这套装备让我在镜子中看到的自己,俨然就是个橄榄球运动员。还真有照片记录了那个小男孩的形象,他身着洁净的球衣,仿佛取得过辉煌的战绩,但实际上他从未踏入过真正的橄榄球场,也从未穿着球衣走出过他与父母同住的那个带有小花园的寓所的领地。

最后,当然了,我真的开始打橄榄球了——而且也打棒球。我还要补充的是,凭着狂热的痴迷,我越参与其中,就越想追随那些了不起的球员,也就是职业球员的行踪。在葡萄牙,我跟你提起过,我曾经给奥托·格雷厄姆(当时最优秀的橄榄球四分卫,冠军克里夫兰布朗队的明星)写过一封大胆的、近乎疯狂的信,邀请他来参加我八岁的生日聚会——后来我收到了他礼貌的回复,解释了他无法参加的原因。自我向你提起这件事,我就一直在思考,寻找更多的细节,希望能够对当时我向他发出邀请的动机有更深入的理解。我现在能想到的是,当时有一个再明晰不过的幻想就是,奥托·格雷厄姆来到了我家,我们两个来到后院在玩橄榄球的接球游戏。那是个生日聚会。现场没有其他客人——没有同伴,甚至父母也不在——没有任何人,唯有即将八周岁的我自己和永远的O.G.①。

我现在明白了,我现在是确信无疑地知道了,这样的幻想再现了要创造一个父亲替身的愿望。在年轻的我对美国的想象中,父亲就应该跟儿子在一起玩接球游戏,但我的父亲从不跟我玩这种游戏,也很少跟我玩任何我想象当中父亲应该与儿子玩的其他游戏。于是,我邀请一位橄榄球英雄到我家来,痴心幻想他能给我一点我自己的父亲所不能

---

① O.G.是奥托·格雷厄姆的姓名首字母缩写。

给予的东西。所有的英雄都是父亲的替身吗？是不是因此男孩就要比女孩更加向往英雄？人在年轻时对体育的狂热，难道仅仅是内心隐隐与恋母情结做斗争的另外一种形式？我不敢肯定，但是体育迷——不是所有，是大多数的体育迷——那种疯狂的情感，一定来自心灵深处的某个地方。这里面一定有更为利害攸关的东西，而不仅仅是一时的消遣或者仅仅是娱乐。

我并不是说在这个问题上，唯有弗洛伊德才有发言权，但毫无疑问，他的某些理论可以用于我们所讨论的一些话题。

我意识到，在我回应你的评论时，我总讲起自己的故事。请谅解：我不是对自己有兴趣，我是向你提供个案研究，提供关于所有人的故事。

致以最热烈的问候！

保罗

2009 年 3 月 15 日

亲爱的保罗：

你提到了小男孩对体育英雄的迷恋，进而把它与在观赛中寻求审美享受的成熟心态区别开来。

像你一样，我也认为在电视上观看体育比赛多半是在浪费时间。但也确有某些时刻并非浪费时间。比如说，时不时播放的罗杰·费德勒在其辉煌时期的那些赛事。受你所说的启发，我也详细考察这样的时刻，再度回忆这样的时刻——比如说，费德勒一记反手打斜线的大力扣杀。我问自己：把如此生动的瞬间带给我的，真的是或者说仅仅是审美享受吗？

于我而言，我在看的时候有两个念头在脑海中涌现：1）假如我也把自己的青少年时期用于训练反手而不是……那我也有可能打出那样的球来，从而让全世界为之惊叹不已；接着还有：2）即使我把自己的整个青少年时期用于训练反手，我也没有能力打出那样的球，不要说在竞赛的压力下打不出，就是随意时也打不出。于是：3）我刚看到的这一幕，既是人之所能，也超越了人之所能；我刚看到的,仿佛是人类理想展现在了眼前。

我想要指出的是,在这样的反应中,嫉妒首先充斥头脑,接着就烟消云散了。人们开始是嫉妒费德勒,由此走向欣赏,最终则是既不嫉妒也不欣赏,而是因为凡人——像自己一样的凡人——所显示的非凡能力而欣喜。

我发现,这一点与我对艺术名作的反应很像,我在那上面花了大量的时间(思考、分析),后来发现,我对艺术作品的形成有了良好的认识:我很清楚它是如何创作的,但我自己永远都创作不出来,它超出了我的能力范围;然而它是像我这样的男人(有时是女人)创作出来的;同属于他(有时是她)所代表的人类真是荣幸之至啊!

基于此,我不能再把伦理与审美区分开来了。

作为对我所评论的当下金融风波的注脚,我能引用偶然看到的乔治·索罗斯①的一句话吗?"当下金融危机的一个特征就是,它不是由某种外部冲击力所导致的……危机就出自制度本身。"索罗斯隐隐约约地意识到,真的什么都没有发生——唯一变化的不过是些数字而已。

致以良好的祝愿!

约翰

---

① 乔治·索罗斯(1930—),美国股票投资者,索罗斯基金董事会主席。

布鲁克林

2009 年 3 月 16 日

亲爱的约翰：

看到你引用的乔治·索罗斯的话，我想起来，前几天我收到了一本书的校样，书是我的一个朋友马克·C.泰勒教授①所写，即将由哥伦比亚大学出版社出版，上有这样几句话："1970 年代后期以来，兴起了一种新型的资本主义——金融资本主义。在之前的资本主义（比如：工业资本主义和消费资本主义）的形式中，人们通过买卖劳动力或者实物而发财致富。与此相反，在金融资本主义时期，财富由流动的符号而生，而这些流动的符号又依赖于其他的符号而存在，实际上处于一种无限的循环当中。金融市场已经成为一种复杂精细的信任游戏②，而其掌控全局者不过是当今翻版的麦尔维尔笔下的那些狡猾的

---

① 马克·C.泰勒（1945—　），美国哥伦比亚大学教授，宗教系系主任。
② 这里的"信任游戏"的原文是 confidence game，有"骗局"与"诈骗"的意思，与后面的"骗子"的英文 Confidence-Man 相对应。

骗子①……"

*　*　*

《贝克特纪事》上的一则新闻有可能博你一乐。几个星期前,我收到邀请,要我参加将于9月份在都柏林郊外举行的一个文学节,然后要发表——想象一下这个吧——首届塞缪尔·贝克特年度演说。我犯愁了好几天,最终还是决定接受邀请。我希望这个决定没有铸下大错。我多么希望有朝一日,我们可以一起先后发表演讲啊。

关于这个主题,上周我去买了本贝克特书信集的第一卷,然后一直怀着某种低迷的兴致在随意地翻阅它。我还从未见过一本书信集使用如此沉重、沉闷的结构呢。我现在能够理解你受邀为之撰写评论时的那份疑惑与不解了,在"工作"和"生活"之间的区分是造成本卷太多内容缺失的主要原因,为此我也感到很沮丧,有时(我得承认)也感到很无趣。我期盼着拜读你的大作。

---

① 赫尔曼·麦尔维尔(1819—1891),美国著名作家,1857年出版长篇小说《骗子》,其英文原文为"*The Confidence-Man: His Masquerade*",与前面的"信任游戏"(骗局、诈骗)的英文 confidence game 相对应。

***

如果你愿意,我们可以先把体育放在一边,尽管我原计划要在这个问题的第二部分(参与到体育之中而不是在观看他人比赛)上长篇大论一番呢。我想谈谈:竞赛的愉悦,有时候使你超越了自身狭隘意识的必然的全神贯注,对一支球队的归属感,应对失败的必要性,以及其他众多的话题。今后我或许会专门坐下来写这样一封信,哪怕那时我们还在谈其他话题。这可是个仍然让我很感兴趣的话题。

对于你所谈到的在观看费德勒辉煌时期的比赛时所产生的那份欣喜,我完全赞同。我们同属人类,对这样的事实充满敬畏之心:当同样是个人的他取得了辉煌的成就时,我们(作为同一个物种)也就不再仅仅是我们通常表现出来的那种小人物了,而是也有能力去创造奇迹——在网球、音乐、诗歌、科学上——从此,嫉妒与欣赏化为一种势不可挡的喜悦。是的,我完全赞同你的看法。而审美与伦理就在此融合。我没有不同意见,因为我自己也常常有同样的切身感受。

致以最诚挚的祝愿!

保罗

2009 年 4 月 6 日

亲爱的保罗:

在你告诉我你对竞赛的乐趣的看法前,我要抢先做一番评论。

我二十出头的时候,深深地迷上了国际象棋。在那几年当中,我把工作时间都用在为计算机写代码上了,深陷其中,有时候我会觉得我在坠入一种疯狂的状态,大脑完全被机械逻辑控制着。①

我很明智,放弃了计算机,然后动身到美国去攻读博士学位。在穿越大西洋的轮船上(是的,在那个时候,如果你没有太多的钱,就可以乘船旅行——横跨大西洋需要五天时间),我参加了一场象棋比赛,后来还进入了决赛。我的对手是一位后来读工程学的学生,他来自德国,名叫罗伯特。

我们之间的比赛是从半夜开始的。到黎明时,我们依

---

① 1962 到 1965 年,库切在英国伦敦工作,是 IBM 公司的一名计算机程序员。

旧在棋盘上酣战。罗伯特比我多一颗子,但我觉得我在战略上有优势。甲板上最后几位观战者也都慢慢散去:他们要去观看自由女神像了。只剩下罗伯特和我了。

"我们和棋吧。"罗伯特提议道。"好啊。"我说。我们双方起身,握手,收好了棋子。

他多我一子,但我占有优势:和棋是很公正的折中方案,不是吗?

轮船靠岸了。我来到了传奇般的城市纽约。但比赛的那种兴致依然未消,大脑仍处于兴奋状态,有点发热和轻微的难受,就像大脑真的着了火一样。我对周围的一切了无兴趣。内心深处有种东西在不停地嗡嗡作响。

我和太太过了海关,找到了汽车站。我们要分乘不同的汽车:她要去佐治亚州和朋友待在一起,而我要去奥斯汀找我们俩可以生活的地方。我跟她告了别,有点心不在焉。我只想独自待着,这样我就可以在纸上把那局棋复盘一下,解除那些困扰我的疑惑。在去得克萨斯的一路上,在灰狗长途汽车上(两天?三天?),我全神贯注于那些棋路,凭直觉认为:我根本就不应该接受和棋的提议,要知道,再有三步、四步或者五步,那个德国人罗伯特就必定被迫缴械投降啦。

第一次看到新大陆,我应该开怀畅饮才对。新的生活展现在我的面前,我应该规划未来才对。但我没有,反倒被一股狂热紧紧地攫住了。慢慢地、慢慢地,我开始胡言乱语、近乎疯狂了。我成了汽车最后一排的疯子。

这段插曲在看到你所写的竞赛的乐趣时闪入了我的脑

海。竞赛带给我的绝非乐趣,而是一种痴迷的状态,注意力都集中在一个单一而荒谬的目标上:打败那个你对他毫无兴趣、过去从未谋面、未来永不会再见的陌生人。

我记忆中经历的那阵阵令人生厌的狂热之举,差不多是半个世纪之前的事情了,但这段记忆使我从此杜绝了不惜代价成为获胜者的念头,再也不愿费尽心机去击败某个或新的对手以期最终获得成功。从此之后,我再也没有下过象棋。我参与过球类项目(打过网球、板球),也多次加入自行车赛的行列,但在所有这些运动中,我的愿望很简单,尽我所能。至于输赢——谁在乎呢?我要怎样去判定自己做得好坏,成了一件私事,属于我自己和我称之为我的良知之间的一件私事。

我不喜欢有些体育形式,它们的模式太接近于战争,唯一的目标就是赢得胜利,如此一来,赢得胜利就变成了生死攸关的问题——这样的运动缺少优雅,就像战争缺少优雅一样。在我的脑海深处,对日本有某种理想化的想象——也可能是融合而成的:在那里,人们不允许把失败加在对手身上,因为失败本身有可耻之处,正因为如此,把失败强加于对手,同样有可耻之处。

一切顺利!

约翰

2009年4月8日

亲爱的约翰：

在过去的几个月里,我一直处于忧郁、悲痛的状态。这是一个死亡的季节,忙于参加葬礼、追思礼拜和写吊唁信的时节,就连媒体的头条新闻都宣称,我们这个混乱不堪的世界正在分崩离析,但比起整个宇宙暴发的混乱,丧失亲朋好友给我带来的伤痛要沉重得多。

圣诞节那天,我的一个老朋友二十三岁的女儿自杀了。2月,我从二十三岁时就认识的一位心爱的女性朋友去世了。上个月,一位老朋友,年仅四十五岁,意外摔了一跤之后竟然撒手人寰。都是女性,她们都没能过完上天赋予我们大部分人的那些时光就走了。我对自己说,我应该懂得命运的多舛而不至于感到出乎意料,这就是世道常情,我们都是凡夫俗子,而我们的末日随时都可能降临,然而,这样长远的眼光却无法带给人丝毫的慰藉。唯有心痛。简直是无药可医。

你所讲的国际象棋的故事——这也算是个恐怖故事——促使我去重新思考,我所说的"竞赛"到底意味着什么？

（顺便提一句，我已多年不下棋了，但对我来说也是一样，在我二十岁出头的时候，也曾一度沉湎于此。毫无疑问，棋类是人类发明的最令人着迷又对人的心智损害最严重的游戏。不久，我发现自己在梦中还在思考棋局的招数——于是，我决定再不下棋了，否则我会发疯的。）

当我使用"竞赛的乐趣"这个短语时，我想我指的是一种释放的感觉，它来自你自己全身心地投入到一场比赛之中，在一个特定的时刻，全神贯注于一个特定的任务，从而是身心两方面受益，那是一种"超越自己"的存在感，暂时从自我意识的束缚中解脱出来。输赢是人们必然考虑的因素，但它们是第二位的，不过是人们为了最大限度地发挥水平打好比赛的借口而已——因为没有最大限度地发挥水平，就不会有真正的乐趣。

为了锻炼而锻炼总是让我觉得无趣。仰卧起坐、俯卧撑、环赛道慢跑以"保持体形"、举重、投掷健身球，这些都不能达到竞赛所产生的那种相同的有益健康的效果。在你尽力要赢得正在进行的比赛时，你忘记了你正在跑正在跳，忘记了你实际上获得了有益健康的运动量。你在运动中忘了自己，虽然我并不完全理解这其中的原因，但它似乎给人带来了强烈的幸福感。当然了，还有其他超然的人类活动——性爱是其中之一，艺术创作也在其中，欣赏艺术也不能例外，但事实上，即便在性爱过程中，大脑也有心猿意马的时候——性爱可并不总是超然的！——艺术创作（想想吧：小说写作）总是充满了疑问、停顿与涂擦，而我们也不可能总是聚精会神地阅读莎士比亚的十四行诗或者总是心无二用地聆听巴赫的宗教剧。但是,如果你没有全身心地投入比赛,你就没有认真对待它。

我们不能忽视疲劳的问题。如果你的身体在比赛中感到疲劳了,你就难以集中精力,也会丧失获胜的欲望(也就是竭尽全力的能力)。这就解释了为什么韧性强、难度大的运动项目都是年轻人在参赛,也解释了专业运动员大都在三十岁时结束职业生涯的原委。但是,尽管已筋疲力尽,仍逼迫自己去超越自身已知的极限,继续尽最大努力去挑战自我,这一定有乐趣。

我清晰地记得我在体育荣誉中的最后冲刺。二十多年前吧,我参加了纽约出版商垒球联队的比赛,每周到中央公园比赛一场,我是维京-企鹅(你在美国的出版商,早前也是我的)联队中的一员。球队是男女混合式的,比赛也不过是尺度很宽、轻松散漫的比赛,但我那时虽然已近四十或四十出头了,我依旧乐于复活自己曾经是老棒球运动员的肌肉,而且(由于习惯和性格使然)总是全力以赴地去打比赛。一天晚上,我站在球场自己的位置(第三垒)上,击球手打出了一个高高的界外球,离我的右侧很远很远。当我看到球的运行轨迹时,我很清楚我根本接不到它,但是(又一次,由于习惯和性格使然)我还是起跑开始追它。我尽可能快地移动着自己并不年轻的双腿,跑了感觉都有十分钟,这时我认识到:太好了,也许我真的还有机会呢。就在最后一刻,在球就要落地之际,我全力向前一跃,在身体迎面砸上草地时,我用手套最顶端的部位夹住了那个皮球。

记住:这不是什么重要比赛,不过一场友谊赛而已,选手都是些喜欢说笑的图书编辑、秘书、接待员以及收发室的办事员,但我偏偏愿意奋力去接那个球,想法很简单,就是逼迫自己一下,看看我还能否接得住它。当然啦,之后我气喘吁吁,上气不接下气,膝盖和胳膊肘疼痛难忍,但我感到快乐,一种又可怕又愚蠢的快乐。

我想说的是,我同意你的看法。关键不是要赢,而是要做好,要尽力做到最好。你在轮船上同陌生人的国际象棋比赛使你面对自己着魔的那一面,而当你看到自己的状态时,你在厌恶之中退却了,远离了那部分自我。我从未有过类似的启示。事实上,我认为,我也从来没有如此渴望着去赢得像在1965年你与德国人的那种比赛。这与集体之间和个人之间比赛的差异有关系吗?在少年和青少年时期的所有比赛中,我参加的都是球队的活动(主要是棒球和篮球),但很少参与一对一的那些项目(赛跑、拳击、网球)。在我参与过的上百场比赛中,我猜想我所在的球队大致上是输赢各占一半。当然了,赢球总比输球让人感到更舒心,但我也不记得曾经因为输球而感到灰头土脸——除了有那么少数几次,自己把一场重要的比赛给搞砸了,觉得有点辜负了队友的期望而有些沮丧。

然而,个人比赛,我想,一定会更加凸显自我,自我也就必然更加引人注目——自然也就更加危险了。所以你才会在去得克萨斯州的路上,在阴森的大巴上不断地强迫自己复盘。你以为自己要比对手更高明,然后证明了确实如此,接着你就诅咒自己怎么就接受了平局的提议呢。但是,若当你知道事实恰恰相反,你知道你并不是更高明的棋手,那又会怎样呢?

我想起了网球,这是一项我从不花时间,也打得不好的运动(反手击球不行)——但我就是爱打。我父亲,天生就是个网球手,他的存在用他对网球的热爱就可以定义了(有很多年,他都是早上六点钟就醒了,就为了要在上班之前打两个小时的网球)。当他六十多岁的时候,绝大多数时候还是依然可以打败二十多岁的我。尽管我知道我可能赢不了,但在我们打球的时候,我依旧尽最大努力去打,而且我会看看自己把球击出去有多远,自己在比赛中又提高了多少等等,以此衡量自己的成功之处。输球从不会让我痛心疾首。另一方面,我也发现有些胜利毫无意义,甚至令人生厌。大概在十五或者十八年前,我曾经跟彼得·凯里①打网球,发现他球技非常糟糕,毫无还手之力,他连从我这里赢一分的想法都没有。我感到赢得毫无乐趣。我只是觉得对不住可怜而勇敢的彼得,他就像不会游泳却跳入了深水区。

所以,只有当对手实力相当时,竞赛的乐趣才最强烈。

致以最美好的祝愿!

保罗

---

① 彼得·凯里(1943—),澳大利亚著名作家,曾两次获得布克奖,代表作有《凯利帮正传》《奥斯卡和露辛达》。

2009 年 4 月 24 日

亲爱的保罗:

谢谢你寄来大著《隐者》,我分了两部分来看——可以说,两次都是大快朵颐。

你在去年 11 月跟我说,在你的下一部书中会有乱伦现象,但我还领会不到——考虑到你在序言中提出的难题,也就是:乱伦的行为发生在哪里?床上,还是心里,还是作品中?——乱伦与该书的核心问题有多契合?

乱伦,这是个有趣的话题,我过去还没有对此有太多有意识的思考(在后弗洛伊德时代,谁敢否认自己没有进行过无意识的思考呢?)。我很好奇,觉得即便是在流行话语中,在谈到兄弟姐妹之间的性爱,与父女之间或母子之间的性爱时,我们都使用了同一个词汇(我们暂时先把各种同性之间的性行为搁置一边,不予考虑)。人们所经历的对前者的抵触情绪,与后两者相比,很难一致。我没有姐妹,但我完全能够想象得出来,在年龄相仿的一个兄弟和一个姐妹之间的性爱游戏,该是多么诱人——正如你在书中所描述的那样,既是性爱游戏又胜似性爱游戏。然而,一个人和自己后代之间的性爱则似乎跨了一大步。我还以为我们对这两种截然不同的道德行为会使用不同的术语呢。

去年,在澳大利亚南部的农村有过一个案子,一对数十年居住在相对封闭环境中的父女/夫妇遭到起诉。我记不清所有的细节了,但法院最终判令他们必须分开,尽管那位父亲/丈夫冒着坐监的危险也不愿意与女儿/妻子离得太远。在我看来这个判决很残忍,因为投诉并非来自这两人之间的一个,而是来自他们的邻居。

一个人和自己的父母或是子女发生性行为几乎确定是我们这个社会中最后的性爱禁忌了。(我可以很自信地断言,《隐者》不会受人群起而攻之,它确认了我的感觉:兄弟姐妹之间的性爱是可以的,至少人们可以说,作家可以写。)我们的社会曾经等级森严,其中人与人之间的性关系也受到限制,如今已走过漫长的道路。我猜想,简易避孕方法的面世,标志着性爱禁忌的终结:乱伦后女性可能会生出一个怪物的恐怖故事也随之失去了威慑力。

我认为,人们对畜牧学在性的禁忌与人种禁忌中的作用所给予的关注还远远不够。这方面的知识告诉人们,哪些物种可以和其他物种交配,在同一血统之内,其分离度究竟有多大,而这样的知识也在畜牧业一代又一代的发展过程中演变着。

不管怎么说,如今世事万物看上去都在向前发展。人们过去针对所有禁忌的性行为(包括通奸!)而产生的正义怒火,已经集聚到一种行为,即成人和儿童之间的性行为上去了,而我认为,这也应该延伸至我们所讨论的父亲和孩子之间的性禁忌。

有趣的是,在世界某些愚昧的角落(最明显的是某些特定的愚昧落后地区),每当通奸的人们受到惩处时,我们都会批评那里的法律在惩处他们的时候忽略了他们的人权。如此说来,当我们有权打破禁忌的时候,我们又生活在一个怎样的世界当中呢?如果人们可以违反禁忌,那有这个禁忌的意义又在哪里呢(正如你的书中那个拜伦式的人物亚当·沃克尔可能要问的那样)?

一切顺利!

约翰

2009 年 4 月 25 日

亲爱的约翰：

很高兴你收到了《隐者》，而且这么快就读完了它。

不，我也没有对乱伦主题有过太多自觉的思考——至少在我写作这部小说之前还没有。与你不同，我是有一个妹妹的，但她比我小差不多四岁，而要跟她一起走上那条路，这种想法从来没有在我脑海里闪现过。可话说回来，在我十八九岁的时候，有天晚上我梦到自己在和母亲做爱。那个梦当时令我困惑不已，迄今也令我百思不得其解，因为这似乎有悖经典的弗洛伊德的学说：欲望通过神秘的象征且常常是隐讳的意象而得以升华，每个事物都是其他事物的替代物。他的理论无法解释我的体验。如今回忆起来，当时我并没有因梦中的情景而感到不安，但醒来之后，我还是觉得震惊和厌恶。

之所以震惊，是因为在我内心深处我接受的理念是：禁忌是不可触犯的。不仅是父母与子女之间的乱伦不行，兄弟姐妹之间的乱伦也不可以。在我的书中，在沃克尔与格温之间是否发生了什么以及究竟发生了什么尚有讨论的余地,但我在写作那些段落的时候是站在一个绝对的信念之上的,我也承认这对我来说不容易——仿佛我把矗立在心智健全与黑暗僭越之间的铁丝网给剪断了一般。但是,我完全同意你的观点,这本书不会被群起而攻之(至少不会因为这个原因!)。事实上,我认为我已经有证据可以证明这一点了。本周早些时候,西丽和我应罗伯特·库弗①(一位我们有一阵子未见的老朋友)之邀,到位于普罗维登斯的布朗大学做了一次联合的朗诵会。我读的是第二部分的几页(包含了"大胆的尝试",但不包括1967年盛行的乱伦)。虽然西丽跟我透露说,她背后的有些学生在我朗读时不安地窃笑,但在朗读结束之后,没有任何人提起那些段落。他们说,"读得太好了",要么说,"太有趣了,迫不及待地想要去读这本书呢",但丝毫未提他们所听到的那些内容。

看到你对畜牧学的高论之后,我想到了一本书,那是几年前我翻译的法国人类学家皮埃尔·科拉特雷斯的《瓜亚奇的印第安人编年史》——一本内容精彩、文字优美的著作,研究生活在南美雨林中的一个小小的部落。在这个群体中,有一个同性恋科勒贝吉,下面这段惊人的文字描述了他可以和哪些人(们)睡觉,及其原因:

> 阿奇(瓜亚奇)②社会生活的终极基础是家族群体之间的联姻关系,这种关系以婚姻交换的形式存在着,

---

① 罗伯特·库弗(1932—),美国小说家,布朗大学教授。
② 生活于巴拉圭东部以打猎为生的族群。

通过不断交换妇女来实现。一个女人的存在就是为了流通,为了成为除了她的父亲、兄弟或者儿子以外的某个男人的妻子。人们正是以这种方式形成了一个雄鸡①同盟。但是一个男人,即便是一个以女人的身份存在的男人,他能够"流通"吗? 比如说,科勒贝吉的自然天性如何能够得到回报呢? 这甚至都难以想象,因为他并不是一个女人,而是一个同性恋者。所有社会的最重要的法律都是禁止乱伦的。可因为他是一位 kyrypy-meno——(直译就是"肛交者")——科勒贝吉就处于这样的社会秩序之外。就他的情况而言,社会制度的逻辑性——或者与之等同的相反的逻辑性——最后都走进了死胡同:科勒贝吉的伴侣是他自己的兄弟。"一个肛交的男人不与他的雄鸡同盟者做爱。"这条禁令与规定男女关系的法规恰恰相反。同性恋只能依靠"乱伦",依靠兄弟之间的肛交;在这个乱伦的隐喻当中,我们得以确认和强化的认识是:只要没有破坏社会的主体,就绝不会有(一个男人和一个女人之间)真正的乱伦。

很奇特,不是吗? 鼓励乱伦的目的是为了阻止它。这太令人费解了……

还有,祝贺你有关贝克特书信集的文章已经在《纽约书评》上刊出了。文章可谓详尽、仁慈、公道。西丽特别高兴你在很多地方谈到了比昂。因为你的文章,也为了我所

---

① 在南美的俚语中指男性生殖器。

预期的、已经答应了的9月在爱尔兰的演讲,我尽职尽责地钻研了这部书,现在已经接近尾声了,我准备修正一下我先前发给你的评论。这部书不无聊。不仅不无聊,它还令我感动,而最让我感动的是让我看到了一个人缓慢而痛苦的演变过程,他由一位傲慢自大的万事通,转变成了一个脚踏实地的人。最后的书信中(现在书不在我的手边,所以我的用词可能不够准确),有一封信的一则注解引用了玛利亚·乔拉斯①写给自己丈夫的一封信,在信中她说了这样一番话:贝克特现在好多了——我以为,这话是在暗示说,他们从来没有亲自照料过他,而现在正在开始改变自己的想法。

看得出来,注解工作做得相当出色、非同凡响。但是不是真的需要有人来告诉我们,哈波·马克斯②的真名叫亚瑟呢?

最美好的祝愿!

保罗

---

① 玛利亚·乔拉斯(1893—1987),美国翻译家,曾在巴黎居住长达六十年。与其丈夫尤金·乔拉斯一道,曾经在巴黎办过文学刊物,发表过乔伊斯、贝克特、卡夫卡、斯坦因等人的文学作品。
② 哈波·马克斯(1888—1964),美国喜剧明星。

2009 年 5 月 11 日

亲爱的保罗:

对体育再做点评论:在英国,大多数主要的体育运动——那些能够吸引众多观众、能够激起大众热情的项目——大概是到 19 世纪末期就已经被选定和固定下来了。我感到惊奇的是,要发明和推广一项全新(而不是在旧有项目之上的变种)的体育项目是多么困难的事情啊,或许我应该说,推广一种新的游戏(体育运动就是从游戏的保留剧目中选出来的)是多么困难啊。人类是具有创造性的动物,但在众多合理的游戏中(身体对抗的游戏,不是大脑对抗的游戏),好像只有少数最终流传下来。

我一直在读雅克·德里达①的一本论母语的小书(《他者的单一语言》,1996)。有些部分是高度的理论概括,有些地方近乎是自传,谈论的都是德里达与语言的关系,那是他 1930 年代在阿尔及利亚的孩提时代,在犹太裔法国人或者说法国犹太裔或者是讲法语的犹太裔社区。(他提醒了

---

① 雅克·德里达(1930—2004),法国哲学家、解构主义代表人物。

我们,犹太裔的法国公民曾经被维希政权①剥夺了公民身份,因此,事实上他们多年都处于无国籍的状态。)

让我感兴趣的是,德里达宣称,尽管他是/曾经是单一语言——法语——的使用者(单一语言是他自己的标准——他的英语极好,我可以肯定,德语也很棒,更不必说他的希腊语了),但法语不是/过去不是他的母语。我读到这里的时候想到,他简直就像是在写我与英语的关系一样;一天之后,我进一步想到,无论是他还是我,都不是特例,许多作家和知识分子都与自己所言说、所写作的语言有着一种疏离的或是质疑的关系,事实上,把一个人使用的语言当作其母语(langue maternelle)②的观点已经变得非常落伍了。

于是,当德里达写到,尽管他热爱法语,也是正规法语的坚定使用者,但法语并不属于他,不是"他的"语言。这让我想到了我自己和英语的关系,特别是我小时候的情形。那个时候,英语不过是学校里的一门科目而已。到高中的时候,科目很多,包括英语、南非语、拉丁语、数学、历史、地理等,而英语恰好是我很擅长的一科,而地理则是我最糟糕的一科。我从来没有想到过要去思考一下,我擅长英语是因为英语是"我的"语言;自然我更没有想到过要去询问一下,如果一个人的母语是英语,那么英语怎么会糟糕呢(数

---

① 维希政权(或称维希政府),是第二次世界大战期间,纳粹德国占领下的法国傀儡政府。
② 法语 langue maternelle,相当于英语的 mother tongue,即"母语""本国语""本族语"。

十年之后,直到我成为了——在众多身份中的一个特别的身份——一名英语教授,我才开始对英语历史做了一点深入的思考,我也问过自己:在英语国家中使英语成为一门学科,这究竟意味着什么)。

就目前我所能还原的自己小时候的思维方式而言,我那时是把英语当成了英国人的财产,所谓英国人是指居住在英格兰的人,但他们派出了自己部落中的一些人来到了南非,并暂时统治着这里。英国人制定了英语的规则,他们可以反复无常地随意选用,包括那些语用规则(在哪种情形之下该使用哪种英语的惯用语);像我这样的人远远地跟在后面,依照别人的指示行事。这个时候,擅长英语也变得像地理糟糕一样无法解释了。那是性格上,精神特质上的某种怪癖。

到二十一岁时,我到英格兰去生活了。那时我对语言的态度在现在看来真是相当的奇怪。一方面,我很肯定,依课本之标准,我要比绝大多数的当地人说得要好,或者至少写得比他们强。可另一方面,一旦开口说话,我是一个外国人的面目就暴露无遗,换句话说,我是一个标准的既不懂本地语言也不懂本地人的外人。

我通过区分两种不同知识的方式解决了这种悖论。我告诉自己,我学习英语的方式与伊拉斯谟[①]学习拉丁文无异,全都来自书本;而我周围的人习得语言的方式则是"深

[①] 德西德里乌斯·伊拉斯谟(约1466—1536),荷兰思想家、哲学家,欧洲人文主义运动的代表人物之一。

入骨髓"。英语是他们的母语,但不是我的;他们从吮吸母亲的乳汁时就开始接受语言训练了,而我却没有。

当然了,对于一个语言学家来说,特别是对于乔姆斯基①学派的语言学家来说,我的态度属于绝对的执迷不悟。你在自己早年接受时期所内化了的语言,就是你的母语,仅此而已。

正如德里达所说,一个人怎么能够把一门语言视为自己的语言呢?英语可能终究也算不上英格兰的英国人的财产,但它也决无可能是我的财产。语言总是他者的语言。徜徉于语言之中常常是一种僭越。如果你的英语特别出色,好到你听到的每一句话,落在你的笔下时都能让你想起前人的用法,令你想起使用这些语句的那些人,那该是多么糟糕的一件事啊!

一切顺利!

约翰

---

① 诺姆·乔姆斯基(1928—),美国语言学家,转换-生成语法的创始人。

2009年5月11日

亲爱的约翰：

谢谢你昨天的传真。我觉得我们终于找到了一个可行的联系方式。过去是邮寄一封信件，从美国到澳大利亚它要慢慢地漂洋过海；现在则是一种快捷的、电子传输的方式，一纸传真就可以从阿德莱德①住宅的房间传至在布鲁克林②住宅的房间。

关于体育的讨论或许可以暂告一段落了，但为什么这么多年了却没有新项目普及开来的问题问得好，坦率地说，我从没想过要问这样的问题。你提到了英国和19世纪末期，但这也同样适合美国。第一支职业棒球队诞生于1869年，就在那一年，普林斯顿大学队和罗格斯大学队进行了首届校际橄榄球比赛。我能想到的唯一例外就是篮球了，篮球直到1891年才诞生，而四十年之后才逐渐开始流行，那还是在规则的改变取消了每次投篮之后的中场挑球，从而

---

① 库切2002年移居澳大利亚，2006年3月6日加入澳大利亚国籍。阿德莱德是库切所居住的澳大利亚港市，是南澳大利亚州的首府。

② 纽约的一个区，保罗·奥斯特的居住地。

加快了比赛的节奏之后。现在,世界各国都打篮球,正如英国不再单独拥有板球与英式足球一样,篮球也不再专属于美国。有一个例子足以说明问题:在两三年前吧,那支报酬过高、自信过满的美国国家篮球队,就在世界锦标赛的半决赛中输给了希腊队。

但总体来说你是对的。几代人都没有产生过新的有影响力的体育项目了。当想到各种高科技如此迅猛地改变着我们的日常生活(火车、汽车、飞机、电影、收音机、电视、电脑)时,难以驾驭的体育项目乍看上去就显得很神秘了。这其间一定是有原因的,但跳入我脑海的答案是,运动项目一旦固定下来,它们就不再是创新而是进入了体制。体制化可以使之永久存在,唯一可以消灭它们的就是革命了。现在,众多的职业体育项目都面临着严峻的形势,都投入了大量的资金,其中牵涉到的利润极为惊人,全都得益于一支成功的球队,于是,那些管控足球、篮球以及所有重要体育项目的人们,其手中的权力之大,可以与大公司的老板、政府的首脑相比。简单说,已经没有足够的发展空间去引入一个新兴项目了。市场已经饱和,而现存的项目业已成为垄断行业,一旦有突然冒出的竞争者露头,它们一定会千方百计地将其打垮。所以,并不是说人们不再发明新的体育项目了(孩子们天天都在发明创造),但孩子们没有本领把它们发展成为成百上千万美元的商业企业。

大约二十年前吧,有一天我在看晚间新闻,在播一则消息,说南部有一个小镇,它的教育委员会——我想是因为财政困难——决定要终止外国语言的教学。电视上采访了几位当地居民,询问他们对这一新情况的反应,其中一位说——以下是他的原话;他的这番话一直在我的脑海里回响,且从此再也挥之不去了——:"我没有问题,一点问题都没有。如果对耶稣来说有英语就足够了,那对我来说有英语也足够了。"

这样的评论可能很愚蠢,也很令人不安(当然了,也很可笑),但它似乎触及了母语的观念中某些本质的东西。一个人总是彻底地浸染于自己的语言之中,你对世界的认知是深受你所说语言的影响而形成的,凡是与你所说非同一种语言者都被认为是野蛮人——或者,反过来说,耶稣基督如果开口讲的是另外一种语言而非你所使用的语言,这对你来说是不可思议的,因为他代表着世界,而世界仅存在于单一的语言之中,而那门语言碰巧是你的语言。

三代以前,我的曾祖父母讲俄语、波兰语与意第绪语。我在英语国家长大成人这件事,让我感到完全是个偶然的事情,是历史的意外。我父亲的母亲——我那位有些疯狂、杀气腾腾的奶奶——她一生的大部分时间都生活在美国,却口音极重,我要听懂她的话很麻烦。我见到她所阅读的唯一的东西,就是《前进日报》了,那是一份意第绪语报纸。更有趣的例子应该是西丽的父亲。作为1922年出生的第三代挪威裔美国人,他在一个相对封闭的乡村长大,当地居民主要都是挪威移民以及他们的后代,虽然他平生都讲英语,却带有明显的挪威语的土腔土调。那么,他的母语是什么呢?西丽的母亲出生在挪威,直到三十岁的时候才移民到这个国家。就因为在西丽出生之后,她的母亲才搬到了明尼苏达州,与哈斯特维特家族的人住在一起(这就意味着,挪威语暂时成了家里的语言),西丽会说的第一语言就是挪威语。那么,她的母语又是什么呢?她是一个美国人,一位出色的作家,所使用的交流工具是英语,但时不时地,她也会有一些小小的口误,主要都与介词有关(介词在任何语言中都令人挠头)。比如:Water under the bridge①;Water over the dam②。这两个表达方式是一个意思:一切都过去了。但西丽是唯一一个曾经这样去表达的人:Water over the bridge。

你出生在一个双语国家,显而易见事情就更为复杂了。但是,如果你小时候在家就说英语,那么你首先就是一个说英语的人。先是南非英语,后来又因为长期居住的缘故而融合了英国英语、美国英语与澳大利亚英语。听说还有爱尔兰英语、印度英语、加勒比海英语,天晓得还有其他什么英语。正如英国不再独有板球与英式足球一样,他们也不再独霸英语了。你尽可以嘲笑"美国"这样的概念,但事实上,当法国出版美国作家的书籍时,扉页往往会写上:译自美语,而不是:译自英语。我对美国多有不满,但绝不包含美国化的英语。

另一方面,我们这些作家——无论我们使用什么语言——都应该从格劳乔·马克斯③的这些话中获得勇气:

---

① "无法挽回"的意思。
② "木已成舟"的意思。
③ 原名朱利叶斯·亨利·格劳乔·马克斯(1890—1977),美国喜剧明星,以反应机敏而在同代戏剧演员中著称。马克斯有三兄弟,他排行老三。

"狗之外,书是人类最好的朋友;狗之内,那就太黑了没法看书。"当然了,我指的是哈波的弟弟。他的真名叫朱利叶斯。

向您和多萝西致以最热烈的问候!

保罗

2009 年 5 月 27 日

亲爱的保罗：

你说你的著作在法国的译本，扉页上会写上"译自美语"。我的书则写着"译自英语（南非语）"。我倒想有人能够指出，哪些时刻我的"英语"成了"南非语"。对我来说，后者读起来像被抽离了民族血统标签的"英语"，因此有点苍白。

我想，在母语的问题上，我和你的看法有所不同（虽然我注意到了，你在尽力避免"母语"这个让人感觉很煽情的短语，所以你使用了"第一语言"）。我同意，一个人的世界观形成于他所言说、所（最容易）书写，从某种程度上讲，也是所思考的语言。但这种影响远没有那么深刻，以至于人就再也不能与那门语言保持足够远的距离去批判性地审视它了——特别是假如一个人会说甚或只是理解另一种语言的话，就更是如此了。所以我要说，拥有了第一语言但却没有轻松自如的感觉，是可能的：可以说，这是一个人的"基础语"而非"母语"。

上述现象广泛存在，其普遍程度超乎人们的想象。比如，在欧洲，在民族国家到来之前，在国家语言确定之前，拉丁语——它不是任何人的母语——是知识圈中的硬通货。今天，同样的情形在非洲依然存在，人们面对的是英语以及（流行范围稍小一些的）法语和葡萄牙语。在非洲，要想成为一名使用母语的知识分子，这不现实，也不可能；甚至连作家也当不成。在印度和巴基斯坦，其本国语只在很少一部分的少数民族中使用，但英语则是大部分的文学作品和整个科学界的媒介语言。

你指出了存在着美国英语或是印度英语此类现象，这预示着这些"英语"分别在美国和印度都占据着母语的地位。但事实是，在纸上（还不要说在口中或者在街上）这些英语与英语的不同只表现在细微的方面：不过是这里或那里有不同的措辞或习语，而不是基本的词汇或者句法有所不同——在这里，前者对说英语的人在认识论上产生了巨大的影响力，而后者则规定了人的思维方式。

我说过，我开始思考母语的问题是在阅读德里达之后。在搬到澳大利亚之后，我开始更加深切地去体会我自己的处境。澳大利亚——尽管其境内还有多种土著语言与现实生活息息相关，尽管自从1945年以来由于政府的鼓励而由来自南欧和亚洲的大规模的移民——若与我的母国南非相比，这里还是要更加"英语"化得多。在澳大利亚，公共生活只有单一语言。更重要的是，人们同现实的关系以一种无可置疑的方式，通过单一的语言来传达，那就是：英语。

生活在充斥着英语的环境当中，它对我的影响越来越奇特了：它使我在我自己和我随意称为盎格鲁世界观的东西之间,产生了一道越来越宽的怀疑性间距,要知道,在盎格鲁世界观中,有其内置的模板:一个人该如何思考、如何感觉、如何与其他人发生关联,以及诸如此类的东西。

一切顺利!

约翰

2009 年 7 月 6 日＊

亲爱的保罗：

上个月，我去了一趟你的国家，这是近五年来的第一次，去看望我的弟弟，他住在华盛顿特区，身体有恙。①

在出发之前，我仔细地考虑着第一印象的问题，考虑着我会把哪些因素算作第一印象；特别是，我是否会让贵国的入境事务局——最近更名为国土安全局了——在形成第一印象中起什么作用。

因为你知道，长期以来，我与美国移民局的关系都非常不愉快，我就不重述了。我可不想再次陷入那段历史的往事中，也不想让我现在的心情受到那番烦恼的干扰。②

谁知到头来，我在洛杉矶机场出海关时所遇到的情形

＊ 这封信函丢失了，未能送达奥斯特，所以他未对此进行答复。——原文注
① 库切的弟弟大卫·库切，是位新闻记者，2010 年病故。
② 1968 至 1971 年，库切曾经在纽约州立大学布法罗分校任助理教授。1970 年 3 月，他与其他四十余位教师一同为反对越战占领了学校当时的行政大楼而被捕。1971 年库切申请美国的永久居民身份被拒后，他返回了南非。

与我所担心的一样糟糕。我从排队的人群中被带到了一间后勤办公室,在那里等候了一个小时,就坐在那些邮购新娘①与手持可疑的大学证明材料的学生中间。后来,询问我的是一位面无表情的警官,他问我:我是谁?以前到过美国吗?如果到过,什么时候?这种审问不断地进行着,颠过来倒过去的。我曾经告诉他:"如果你告诉我问题出在哪里,那么我也许就设法把问题给你解决了。"那个警官答道:"对不起,先生,我无权泄露。"

最后,他们在我的护照上盖了章,放我入境。到底发生了什么事,我至今一无所知。也许我只是他们随随便便从入境队列中挑出的一个上了年纪的白种人而已,只是为了证明受到骚扰的不仅仅是那些长着一副"中东面孔"的年轻人。

"我无权告诉你哪里出了问题。"每天都机械地重复这样的官腔真是没什么乐趣。你是否能升职不是看你放行人数的多少而是看你遣返人数的多少,是谁愿意为这样的机构工作呢?

但我要写的第一印象,无关移民局官员,无关对他们的不满。我要写的是久别之后对美国的第一印象。然而我现在感到惊讶的是,那些第一印象是多么平庸迂腐,而且就普遍意义而言,我都毫无兴趣去谈这些国外的地方,尽管我一生都在漂泊。

---

① 邮购新娘,是一种非法的移民方式,指通过婚姻中介,女性名列网络、电视或其他形式的广告宣传名单,供男性从中挑选借此出嫁。

以法国为例:虽然我已经骑自行车环游了大半个法国,但我还是不敢妄谈这个清新、新鲜、值得一说的国度。英国,我在那里生活了多年;或者美国,我在那里生活的时间更久,也是一样。我没有谈过南非,那是我成长的地方,大部分的工作时间也都在那里度过;也没谈过澳大利亚,在过去的七年当中,我一直住在这里。记忆,珍藏有无数的记忆。意象,有些相当生动历历在目。但所有这一切都限定在特定性之中,没有普遍意义。我的经历似乎仅限于个人孤独的体验之内,与他人毫不相关。

我似乎为某种特别的熟视无睹而苦恼。这倒不是说我没有好奇心。恰恰相反,每到一处我都睁大眼睛四处观望,我对各地的标志都非常敏感。但我挑选的那些标志似乎都没什么普遍的意义。而特殊性当中的普遍性是现实主义的本质,不是吗?我心里把现实主义当作看待世界的方式,并把它以这样的方式记录下来:所有的细节,尽管引人之处在其独特性,看来还是有意义的,还是属于某种关联系统。

那么,像这样一种现象说明了什么呢?难道是:一个像我这样或多或少也算聪明的人,生活在一个出行便利的时代,在快要接近生命尽头的时候,却不得不承认,他对这个看得见的世界的多样化体验全部加到一起也没什么值得复述的,他是在图书馆度过了一生?

或者说,这也许说明了:我挑选的都是错误的标志——因为我特殊的盲视,我看到的标志都只是告诉我,世界各地的生活都一模一样,而不是代表着天造之物每个细微之处的独特性的标志?

如果说天生的旅游作家对标志的差异性有异常的敏感,难道我就是天生的反旅游作家,只对标志的相同性敏感吗?

所有这一切都让我困惑不已。我告诫自己:你刚刚从美国访问归来,你的印象如何呢,一遍又一遍,在我脑海中突出显现的回忆是,在曼哈顿大街上,有一个年轻人,衣着难以形容,骑着一辆破旧的自行车,若无其事地在车流中逆行而上。这样一个孤立而突出的意象,这意味着什么呢?当我告诫自己,谈谈你的印象或者总结一下你的总体印象时,为什么会单单呈现出这样一幅意象?难道是我头脑中某种荒谬的机能试图要告诉我,这样一个骑车逆向行驶的年轻人形象说明了2009年的美国的某些特征?

我旅游,但不写旅游类书籍。你也一样;不过或许你也写,但出版时用笔名:皮特·韦斯特曼,尼科尔·布雷比斯之类的。你有没有自己相信的第一印象呢?我对自己的是一点都不信。

您永远的,

约翰

2009 年 8 月 24 日

亲爱的保罗：

我一直在思考人名的问题，想它们是否名如其人。我猜人名也会令你感兴趣的，哪怕仅仅因为能够为你想象中的人物找到美好而又"恰当"的名字，就会引起你的兴趣。我们两个似乎都不喜欢把人物叫作 A 或者 B 或者匹姆或者鲍姆。

我过去接受的是正统的语言学教育，它告诉我能指是任意的，尽管由于某些难以理解的原因，一种语言中的那些能指到了另外一种语言之中就不能再做能指了（帮帮我吧，我都快渴死了！这句话若是在蒙古国就毫无用处）。这一点对专有名词来说是加倍地适用：无论一条街道被命名为金盏花大街（Marigold Street）还是叫曼陀罗草大街（Mandragora Street）还是真的就叫作第五十五大街，应该没有差别（没有实际的差别）。

在诗歌领域（就其最广泛的意义而言），能指的任意性准则从未得到多少信任。在诗歌中，字词的含义——那是环绕字词文化意义的集合体——至关重要。"曼陀罗草"，在济慈的诗中,使人想起的是极乐与死亡。"第五十五大街",乍一看似乎没有特征,最终会发现它的含义就是强调匿名性。

通过对诗歌力量的高度演绎,弗朗茨·卡夫卡赋予了二十六个字母以暗喻的(隐含的)力量。罗伯特·卡拉索①的一部近作就叫《K》。我们看看书的封套,就知道大概的内容了。

我曾经为书中的一个人物取名 K(迈克尔·K),想重拳出击,一举夺取卡夫卡曾经对它的所有权②,但是并不太成功。

在我们中间,写小说者算极少数,但绝大多数人最终都会以这样或那样的方式繁衍后代,然后还要依据法律规定给我们的后代取名字。有些父母对此欣然接受,而有些父母则忧虑重重。有些父母觉得可以随心选取一个名字,但也有些父母(因为法律、习俗以及焦虑感的缘故)被迫从一个名单之中选取其一。

忧虑重重的父母试图给孩子选取一个中性一点的名字,没有什么内涵,也不会在以后的生活中因为名字而遭遇尴尬。于是有了:伊妮德。

但棘手的问题出来了。给女儿取名为伊妮德的太多

---

① 罗伯特·卡拉索(1941—),意大利作家和出版商。其著作《K》是一部有关卡夫卡的散文之作,出版于2002年,2005年出版了英语版。
② 弗朗茨·卡夫卡的颇负盛名的长篇小说《城堡》中的主人公,就叫K。

了,于是,伊妮德这个名字就意味着这类小孩:他们的父母面对给孩子起名的任务时忧虑重重,于是,就尽量给自己的女儿起一个没有个性特征的名字。于是,"伊妮德"就必然在女孩长大之后带有了某种宿命特征:羞怯、谨慎、矜持。

也有一些人,离你很遥远,你可能从来没有听说过他们,却会拿你的名字来羞辱你。你在美国中西部长大,生活得很好,直到有一天有人问你:"你难道与阿道夫·希特勒有什么亲戚关系吗?"于是,你不得不递交改名申请,把名字改为希尔特或者希勒或是史密斯。

你的名字就是你的命运。俄狄浦斯,肿胀的脚[①]。唯一令人烦恼的是,你的名字是以神谕女巫的方式来说出你的命运:那是猜谜的形式。唯有你在临终之时,才能意识到被叫作"帖木儿"或是"约翰·史密斯"或是"K"的真正含义。一个博尔赫斯式的启示。

一切顺利,

约翰

---

① 俄狄浦斯,在古希腊语中,意为"肿胀的脚"。

2009 年 8 月 29 日

亲爱的约翰：

首先，请允许我先来谈谈第五十五大街吧——那个你"最终会发现它的含义就是强调匿名性"的大街的问题。为了便于讨论起见，我们不妨假设一下，我们所讨论的第五十五大街恰好位于纽约，准确地说，就在曼哈顿辖区之内，东区还是西区不明，但一定在曼哈顿中城区，如此一来，在这座城市居住的所有人都能够想象出生动的图像，也会在想到这条并非用字词而只是用一个没有什么特征的数字命名的大街时涌现出一大堆的个人记忆来。看到你写的"第五十五大街"，我立刻想到的是瑞吉酒店①，我在年轻的时候在那里有过一次艳遇，那是有天下午带法国作家埃德蒙·雅比②和他的太太到那里去喝茶，看到亚瑟·阿什③身着白色网球服进了房间，想到了在那里与瓦内萨·莱德格

---

① 瑞吉酒店，纽约一家五星级大酒店。
② 埃德蒙·雅比(1912—1991)，犹太裔法国作家。
③ 亚瑟·阿什(1943—1993)，美国网球手，第一位夺得大满贯男单冠军的黑人选手。

拉芙午餐并商谈她要在我的电影《绿宝机密》中出演什么角色的问题。数字背后有故事,而在其匿名的空白墙壁之后,它们却像巴黎的香榭丽舍大街一般生机勃勃,令人回味无穷。跟一位纽约人提一提下面这些街道,那他的头脑中一定充斥着这样的意象:第四大街(格林威治村)、第十四大街(城中最便宜的商店)、第三十四大街(海诺德广场,梅西商城,流光溢彩的圣诞节装饰品)、第四十二大街(时报广场,"合法的"剧院,向百老汇顺致敬意)、第五十九大街(广场酒店与中央公园的正门入口处)、第一百二十五大街(哈莱姆,阿波罗剧院,艾灵顿公爵乐队关于 A 字号列车的歌曲①)。第五十五大街再往前走两个路口,在西五十七大街上有幢大楼,我的祖父曾经在那上面有间办公室(童年的记忆异常深刻,我经常进入大楼,还被允许摆弄打字机与加法机),而那幢大楼后来又碰巧成了《纽约书评》多年的所在地(青年时期的记忆同样异常深刻,我与鲍伯·希尔福斯坐在一起讨论我为他撰写的文章)——因此,只要提到第五十七大街,就会让我完全沉浸在对自己的过去的钻研之中,记忆连着记忆层层叠叠,一直探到了原初。

但正如你所说,能指是任意的,直到或者说除非能指充满了联想,它才会与其他能指没有什么差别。就在那一天,

---

① 艾灵顿公爵乐队,是指由美国著名作曲家、钢琴家和乐队指挥爱德华·艾灵顿(1899—1974)所领导的乐队。《搭乘 A 字号列车》是该乐队演奏的一首名曲,由美国知名作曲家比利·斯特拉宏(1915—1967)创作。该曲创作于 1939 年,流行至今,曲目中的"A 字号列车"是指纽约曼哈顿地区的一条地铁线路,东起布鲁克林,穿越哈莱姆,抵达北曼哈顿。

西丽和我一同从楠塔基特岛①返回纽约(也就是在我读到你来信之前),出租车司机从机场出来后抄了条近道,从布鲁克林街区穿过,那片区域我不太熟悉。我们驶过海洋大道时,连续经过了二十六条街的十字路口,这些街以字母表上的字母命名,从 A 大道到 Z 大道②。我记得当时自己就在想,这些数字对我来说毫无意义,它们就不像曼哈顿的 A 大道(东村),那里我很熟悉,有我个人的联想存在,而布鲁克林的 A 大道,对我来说就完全变成了一个密码。我当时还在想,住在这样被命名为 E 大道或是 L 大道的街上,该是多么无趣啊。但另一方面,我也在想,K 大道还应该不算太坏(原因你都谈到过了),而其他有趣的或者还能容忍的字母包括 O、X 和 Z——分别预示着虚无、未知和终结。随后我就进了院落,它也位于一条由数字命名的大街上,然后就看到了你的传真,谈的正是 K 的命名以及第五十五大街。来得真巧啊。

我特别喜欢美国诗人乔治·欧鹏,他出版的第一部著作叫作《离散序列》(大概在 1930 年出版)③——这个书名是一个数学术语,我想你一定知道,而在书中,欧鹏所给出的描述离散序列的例子无非是:4、14、23、34、42、59、66、72……乍看上去,它们无非是数字的集合,毫无意义,但当

---

① 位于美国马萨诸塞州东南沿海的岛屿。
② 在纽约,凡南北方向的道路为"大道"(avenue),而东西方向的道路为"街"(street)。告知陌生人方位的时候,人们会将两者连起来说,比如"位于第五和第六大道间的第五十二大街"。
③ 乔治·欧鹏(1908—1984),美国诗人,客观诗派的代表人物之一,其《离散序列》出版于 1934 年。

你得知那些数字实际上代表着曼哈顿地区 IRT 地铁①沿线的站名时,它们立刻就具有了生活体验所带来的那种张力。它们是任意的,是的,但同时却并非没有意义。

许多年前,我在写作小说《幽灵》的时候,给所有的人物都用颜色来命名:黑色、白色、绿色、蓝色、棕色等等。是的,我想让故事带有某种抽象的、神话的特征,但与此同时,我也在考虑颜色的不可约性,即我们认识和了解颜色的唯一途径就是去感知它们,向一位盲人描述"蓝色"或"绿色"就超出了语音的能力范畴,而正如颜色所具有的这种不可约性与难以描述,人也不例外,我们只有去"感知"人,才能说对一个人有所认识和了解,这与我们所说的感知颜色的方式完全一致。

我们都伴随着所赋予的名字而成长,我们会检验它们,还会与之争斗,直到我们接受我们就是所肩负的那些名字为止。你还记得小时候自己苦练签名的情形吗?在我们刚刚学会写字后不久,大多数的孩子都会花很长时间在纸上写满自己的名字。这不是在做无用功。我感觉,这是一种尝试,要说服自己我们和自己的名字实为一体,是要在世人的眼中承担起这个身份。

在有些文化中,人在进入青春期后会获得一个新名字,偶尔甚至会在成人时因为有所创举或是不名誉之事而再获一个名字。

当然了,有些人一生都为其凶恶之名、滑稽之名甚或是

---

① IRT 为纽约市地铁线路之一。

不幸之名所累。我觉得最可怜的一个人的名字,当属一位娶了一个远房亲戚的男子,他叫:埃尔默·窦托鲍姆。想象一下吧,一个人一生都要被叫作埃尔默·窦托鲍姆,该多么难堪啊。

我的外祖父出生在加拿大,是波兰裔犹太人移民的儿子,他出于对英国王室某种令人费解的忠诚,给我的母亲取名为奎尼①。这个名字伴随了她很多年。到她八九岁的时候吧,由于多年被同学取笑,她决定改名叫埃斯特尔。这个名字也许不像伊妮德那么乏味,但也好不到哪里去,所以这个实验持续了六个月左右就结束了。

在上述所有一切之中,不能忘记了我们共同的祖先——亚当。《旧约》中说,上帝给亚当下达了任务,要他给所有的事物命名,无论是有生命的还是无生命的。根据弥尔顿在《失乐园》中的阐释,亚当——在天真无邪之时,在无忧无虑的生活当中,在明辨是非与被逐出伊甸园之前——有能力展现他所命名的万事万物的真谛,也有能力通过语言展现世界的真相。但在堕落之后,言语与事物割裂开来,而语言变成了任意符号的集合体——与上帝或是普遍真理就再无关联了。

不用说,我这一生都在探索和思考我自己的名字,而我最大的愿望就是来生成为一个美洲印第安人。保罗:拉丁文是小、少的意思;奥斯特:拉丁文是南风。南风:是一个古老的美国委婉语,意思是直肠的嘟嘟声。那个时候我将重

---

① 原文为 Queenie,与 Queen 一词相近。

返世界,拥有一个骄傲又绝对合适的名字:小屁。

很快会再写信的。

您永远的,

保罗

2009 年 9 月 13 日

亲爱的约翰：

　　(昨天)刚从爱尔兰回来,大大松了一口气,终于把"贝克特演讲"抛在了身后。同贝克特的侄子、家族的执行人爱德华·贝克特吃过一次饭。他生于 1943 年,是位专业的横笛吹奏者,早先是位音乐教师,曾经在伦敦安静地生活了多年。他是个腼腆而和蔼可亲的人,不谙文坛事务,心地善良、待人诚恳,把自己的叔叔更多的是当作叔叔而不是一个文学巨匠。他对我的演讲很满意,之后多次提及这一点,而这当然是我最希望达到的效果:不要在他和大厅中那五百人面前丢了面子啊。在五十分钟的演讲中,我紧紧地抓住演讲台,双膝因紧张而定在了那里,我下场的时候,双腿僵硬得几乎难以动弹,这几乎让我很没面子。

　　他们计划这样的活动每年举行一次。我建议下次由你来做主旨演讲,主办方热情地响应了。也许下个月你就可以收到他们的邀请了。当然,是否接受,还是由你决定,但一旦接受,你绝对可以放心,他们将会热情地款待你。

　　在那里的时候,我得知你获得了布克奖提名。十指交又为你祝愿——并祝贺!

刚回来,就陷入了这样一个两难境地。我们受邀参加17日晚上《耻》的放映式——尽管你对这部电影有保留意见,我还是渴望早点看到它——但后来发现这个时间有冲突。有一个很早的承诺,是好几个月前的了,时间与此冲突;我提议我们就破例不去赴那个约而是去看电影,西丽说那她就再也不理我了,还有可能杀了我。我不怀疑她能说到做到啊。今天的《纽约时报》列出了本季度全部要放映的新电影,我看到《耻》将在周五首映。我们只好下周末再去看了。你需要我把当地的评论剪下来寄给你吗——还是你根本就不想知道?

向您和多萝西致以紧紧的拥抱!

保罗

2009 年 9 月 26 日

亲爱的保罗：

你所写的"第五十五大街"带给你的联想，提到的从 A 大道到 Z 大道穿越曼哈顿的经历，立刻把我的思绪带入到高尔威·金奈尔①描写 C 大道那首长诗的意境中。对一个诗人来说，要完成这样的任务真是一件壮举啊：一位异乡人，来自遥远的非洲，当听到用字母命名的大道时，立刻就联想（我差点写成了"诗想"）到使用了基督的首字母却被上帝抛弃的大道。

我想，这会成为一座伟大城市的特征之一：随着时间的流逝，所有地段街区、街道、建筑的名字都交织在一起，成为一首首诗歌、一个个传说，即便是那些从未造访此地的读者，蒙上双眼也能找到自己的路：沿着第四十二大街②一直往前走到贝克大街③，然后左转就到了涅瓦

---

① 高尔威·金奈尔(1927—2014)，美国诗人，1982 年曾获普利策诗歌奖。
② 第四十二大街，有同名的电影以及音乐作品。
③ 贝克大街，有一首同名歌谣，单曲问世于 1978 年，曾经在美国、英国和加拿大登上排行榜的前三位。为苏格兰歌唱家和词作者盖瑞·拉佛提的作品。贝克大街也出现在很多文学作品之中。

大街①。

现在在我看来,1950年代和1960年代是美国诗歌的辉煌时代,此后就开始慢慢地走下坡路了。我是不是说错了?是不是漏掉了什么东西?

理性主义者对词语——哪怕是新鲜出炉的词语——本身的内涵总会模糊其鲜明的外延边界而感到恼火。17世纪晚期在英国创立的皇家学会,其中一项宏伟的工程就是要创建一门不附带任何联想的语言,它适用于哲学家和科学家。今天,皇家学会的科学后裔们依旧在使用的这门语言,在我们看来非常纯粹,但所以纯粹是因为它完全仰仗于古希腊词语,而这些词语的内涵对我们来说已经完全失传了(今天的"电"——electricity——这个词来源于"电子"——elektron,但谁又能说得出,这个词——原来指一种贵重的金属合金——在奥德修斯的脑海中究竟引发的是什么联想呢?)。

(而我自己对"电的"——electric——这个词的反应,永远都被"那厄运的令人震惊的噬鱼蛇"这样的诗句毁掉了——是艾米莉·狄金森的诗吧?)

尽管斯威夫特嘲笑皇家学会这项工程,但它所追求的理想却并无不光彩之处。我一直不能完全理解为什么贝克特后来放弃了英语,但我猜测,部分原因应该是他发现这门语言充斥着文学的联想。我想起来,康拉德曾经痛斥英语

---

① 涅瓦大街,既是俄罗斯圣彼得堡的一条主干道的名称,也是俄国著名作家果戈理的同名短篇小说名。

中的词汇"oak（橡树）"，他说，只要使用这个词汇，就必定使人联想到整个的英国航海史和大英帝国的历史。

当作家上了年纪之后，他们都会对所谓诗一般的语言感到厌倦，然后喜欢一种更为简约的风格（"晚年风格"），这很常见。我想，最臭名昭著的例子就是托尔斯泰了，他在晚年的时候，居然像个道学家那样，对艺术的魅力表示不以为然，还把自己的小说创作限定在不出小学教室的范围之内。更夸张的例子要数巴赫了，他在去世前的那段时间一直在创作《赋格的艺术》，这是纯音乐，因为它要不依赖任何特别的乐器去演奏。

一个人可以把生活想象成艺术，若按计划而言，可以分为两个甚或是三个阶段。在第一阶段，你会发现或者向自己提出一个宏伟的问题。第二阶段，你不厌其烦地去解答这个问题。然后，如果活得足够长，你就到了第三阶段，先前那个重大的问题开始令你感到厌倦，这时，你就需要到其他地方去寻找答案了。

一切顺利！

约翰

布鲁克林
2009年9月29日

亲爱的约翰:

我们进去看电影时期望值很低(这不仅是因为你先前的评价,也是因为把小说改编成电影很可能是一件吃力不讨好的事情),但走出影院时有一种惊喜,感觉拍得相当不错啊。当然,约翰·M.①可能不太适合这个角色,但他的表演细腻入微、毫不做作,比近几年来我所看到他出演的绝大部分的作品都强多了——真的很好,无论如何,没有大煞原作的风景。我们认为,电影中的女儿演得极好——当然要比书中的角色身材更加苗条,也更有魅力,但这是电影啊,你别无选择,魅力女人可是电影的撒手锏呢。导演、摄影、制作设计、外景地——都做得极好。

我所看到的纽约当地的评论全都是赞美之词。与我们一起看电影的观众全都全神贯注,要是你知道这些日子当

---

① 约翰·M.,指电影中男主角的扮演者约翰·马尔科维奇(1953—),美国演员、导演、制片人。

中大多数的影片有多么糟糕,你就能体味看到一部带有某种风骨和智慧的作品,该是多么令人神清气爽。当然,电影没有小说的那种力量,但它已经尽力在体现原作的价值了,而如果我是你的话,总体上会感到满意,而不会觉得被曲解了。为了给你"琐碎物品"的收藏增加点内容,我附上了我们电影票的票根,出自第五大道和第六大道之间的第十三大街上的四合院剧场——没准儿你想拿出来跟朋友们展示一番呢。

你说五六十年代是美国诗歌的黄金年代,随后就慢慢没落了。我对此的第一反应会说"胡说八道",但进行了一番思考后,我不得不悲哀地承认,我同意你的说法。那个时期,绝大多数伟大的现代派作家都仍然在世(史蒂芬斯[①]于1954年去世,但庞德、艾略特、威廉斯[②]都活到了1960年代,特别是威廉斯,在那个时期还创作了一些他最优秀的作品),所谓的客观派诗人还在蒸蒸日上(第二代,包括朱科夫斯基[③]、欧鹏与雷兹尼科夫[④]),查尔斯·奥尔森[⑤]处于登峰造极之时(我年轻的时候多么喜爱奥尔森啊),而其后的一代人(1920年代出生的诗人们)正在涌现:金奈尔,你提

---

① 华莱斯·史蒂芬斯(1879—1955),美国现代主义诗人,曾获普利策诗歌奖。保罗·奥斯特在文中说史蒂芬斯于1954年去世,应属记忆之误。
② 威廉·卡洛斯·威廉斯(1883—1963),美国现代主义诗人,曾获美国全国图书奖,去世后诗作被追授普利策诗歌奖。
③ 路易斯·朱科夫斯基(1904—1978),美国诗人。
④ 查尔斯·雷兹尼科夫(1894—1976),美国诗人。
⑤ 查尔斯·奥尔森(1910—1970),美国现代主义诗人。

到过了,但还有克里利①、阿什贝利②、奥哈拉③、默温④、斯派瑟⑤、金斯伯格⑥,还有众多的诗人。金奈尔、阿什贝利和默温现在仍然健在,但已到老年,而在他们之后发生了什么呢?有几位诗人出生在1930年代后期和1940年代初期,他们的作品我都是大为赞赏、热烈追随——其中就包括迈克尔·帕默⑦(作品由新方向出版社出版)、查尔斯·西米克⑧(哈考特出版社)、朗·帕吉特⑨(咖啡屋出版社)等人——还不要说稍微年轻一点的保罗·马尔登⑩(生于北爱尔兰,现在是一名美国公民)——但他们都是我的好朋友,我一直关注着他们的作品在这几十年间的演变发展,也许这种私人之间的友谊妨碍了我的判断。我迫切地想知道你对他们的看法,谈任何一个人都行。还有一位诗人苏珊·豪⑪(新方向),既备受赞誉,也颇具争议,但说来奇怪,

---

① 罗伯特·克里利(1926—2005),美国诗人。
② 约翰·阿什贝利(1927—2017),美国诗人,普利策诗歌奖获得者。
③ 约翰·奥哈拉(1905—1970),美国作家。
④ W.S.默温(1927—),美国诗人,两度荣获普利策诗歌奖。
⑤ 杰克·斯派瑟(1925—1965),美国诗人,因酒精中毒而早逝。2009年,其诗集获得美国全国图书奖。
⑥ 艾伦·金斯伯格(1926—1997),美国诗人,1950年代"垮掉的一代"的代表人物之一,美国全国图书奖获得者。
⑦ 迈克尔·帕默(1943—),美国诗人、翻译家。
⑧ 查尔斯·西米克(1938—),塞尔维亚裔美国诗人,普利策诗歌奖获得者。
⑨ 朗·帕吉特(1942—),美国诗人、散文家、翻译家。
⑩ 保罗·马尔登(1951—),爱尔兰诗人,后移居美国,现为普林斯顿大学教授,普利策诗歌奖获得者。
⑪ 苏珊·豪(1937—),美国女诗人、散文家、批评家,曾在普林斯顿大学、芝加哥大学、耶鲁大学任教,美国艺术与科学院院士。

我认为她最好的作品是部散文集《我的艾米莉·狄金森》，一部才华横溢、极富原创色彩的作品——颇有奥尔森的《叫我以实玛利》和威廉斯的《美国性情》的风格：诗人是批评家，批评是一种诗歌形式，真是奇妙无比的东西。但是，这些作家中没有任何人能够强大到像刚刚过去的那代巨人，没有。我们生活在一个数不胜数的写作坊、研究生写作项目的年代（想象一下还能拿一个写作的学位吧），每平方英尺的土地都比过去涌现出了更多的诗人、更多的诗歌刊物、更多的诗集（百分之九十九都由绝对是名不见经传的小出版社出版），还有更多的诗歌会、表演派诗人、牛仔诗人——然而，所有这些活动，连一点标注性的文字你都找不到。那些鼓舞了早期现代派诗歌创新性的火焰般创意，似乎早已偃旗息鼓了。没有人还相信诗歌（或是艺术）还能改变世界。没有人背负神圣的使命了。现在的诗人到处可见，但他们只跟诗人对话。

你提到的"晚年风格"提醒了我，我还没有拜读过爱德华·萨义德的那本书呢。我要在接下来的几天中找来读一读。托尔斯泰是个好的例子，但乔伊斯怎么样？在我看来，他早期的风格就是晚年的（用你的定义来说，或者是萨义德的定义），在他写作一部又一部著作的进程中，他变得越来越华丽、复杂、巴洛克，在他的最后一部著作中达到了顶峰，以至于它太复杂了，没有人去看它了（唉）。但是，乔伊斯去世时才五十九岁，也许人们会争论说，他还没有能够活到进入晚年时期。无论如何，他的名字是我想到的与此理论相悖的唯一的名字了。不，也许亨利·詹姆斯也算一个，他最终的那些口述著作充满了在英语文学中算得上是最迂回曲折的语句了。我还有印象的、自始至终保有连贯性的其他作家，或许其中的大部分都能填补这个空白——菲尔丁①、狄更斯、纳博科夫、康拉德、罗斯、厄普代克。当然了，贝克特不在其列，还有晚年的巴赫，想想晚年马蒂斯②的那些空灵而蜿蜒的剪贴画吧。多一点装饰，少一点装饰，都一样。这就是那三种可能性——也就是说，每个人都沿着各自的道路前行。戈雅③说过："绘画无规则。"可一位艺术家的一生有无规则呢？

夏天似乎快过去了。现在日子凉爽起来了，空气中有了新鲜的味道。西丽投入到了小说创作之中，而我又无所事事了。

致以最热烈的问候！

保罗

---

① 亨利·菲尔丁(1707—1754)，英国现实主义小说家。
② 亨利·马蒂斯(1869—1954)，法国画家、雕塑家。
③ 弗朗西斯科·戈雅(1746—1828)，西班牙浪漫主义画家。

2009年10月1日

亲爱的约翰：

我忘了提罗伯特·洛威尔①了。我把伊丽莎白·毕肖普②给忘了。我把约翰·贝里曼③给忘了。我把西尔维亚·普拉斯④给忘了。我把罗伯特·邓肯⑤给忘了。我把詹姆斯·赖特⑥给忘了。我把威廉·布隆克⑦给忘了。我把拉里·艾格纳⑧给忘了。我把H.D.⑨(卒于1961年)、米纳·洛伊⑩(卒于

---

① 罗伯特·洛威尔(1917—1977)，美国诗人，普利策诗歌奖获得者，美国全国图书奖获得者，被认为是美国战后最重要的诗人之一。
② 伊丽莎白·毕肖普(1911—1979)，美国女诗人，普利策诗歌奖获得者，美国全国图书奖获得者，1949年至1950年美国桂冠诗人。
③ 约翰·贝里曼(1914—1972)，美国诗人。
④ 西尔维亚·普拉斯(1932—1963)，美国女诗人，自白派诗人，后自杀身亡，1982年被追授普利策诗歌奖。
⑤ 罗伯特·邓肯(1919—1988)，美国诗人。
⑥ 詹姆斯·赖特(1927—1980)，美国诗人，普利策诗歌奖获得者。
⑦ 威廉·布隆克(1918—1999)，美国诗人，诗作曾获美国全国图书奖。
⑧ 拉里·艾格纳(1927—1996)，美国诗人。
⑨ H.D.(希尔达·杜利特尔，1886—1961)，美国女诗人，还是一位小说家，意象派诗歌代表人物之一。
⑩ 米纳·洛伊(1882—1966)，美国女诗人，也是位艺术家、剧作家和小说家。

1966年)、玛丽安·摩尔①(卒于1972年)、劳拉·赖丁②(卒于1991年)和洛林·聂戴克③(卒于1970年)给忘了。还不要说西奥多·罗特克④、穆里尔·鲁凯泽⑤、丹妮斯·莱维托夫⑥、詹姆斯·斯凯勒⑦、理查德·威尔伯⑧、巴巴拉·盖斯特⑨、肯尼思·科克⑩以及詹姆斯·梅里尔⑪。毫无疑问,我还忘了其他一些人呢。

昨天,我买了爱德华·萨义德的《关于晚年风格》。已经看完第一篇文章(主要是论述贝多芬和阿多诺⑫的),感觉他的观点不像我原来想象的那么简单。我会接着读下去,随后跟你谈谈我的想法。

顺便提一句,萨义德是我1969至1970年间在哥伦比

---

① 玛丽安·摩尔(1887—1972),美国女诗人。
② 劳拉·赖丁(1901—1991),美国女诗人,也是位批评家、散文家、小说家。
③ 洛林·聂戴克(1903—1970),美国女诗人。
④ 西奥多·罗特克(1908—1963),美国诗人,普利策诗歌奖获得者,诗作两度荣获美国全国图书奖。
⑤ 穆里尔·鲁凯泽(1913—1980),美国女诗人。
⑥ 丹妮斯·莱维托夫(1923—1997),出生在英国的美国女诗人,曾在麻省理工学院、华盛顿大学、斯坦福大学任教。
⑦ 詹姆斯·斯凯勒(1923—1991),美国诗人,普利策诗歌奖获得者。
⑧ 理查德·威尔伯(1921—2017),美国诗人、文学翻译家,两度荣获普利策诗歌奖,美国艺术与科学院院士。
⑨ 巴巴拉·盖斯特(1920—2006),美国女诗人。
⑩ 肯尼思·科克(1925—2002),美国诗人、剧作家,在哥伦比亚大学英语系任教四十年,美国艺术与科学院院士。
⑪ 詹姆斯·梅里尔(1926—1995),美国诗人,普利策诗歌奖获得者,诗作两度荣获美国全国图书奖,美国艺术与科学院院士。
⑫ 西奥多·阿多诺(1903—1969),德国哲学家、社会学家、法兰克福学派代表人物。

亚大学时的硕士论文指导教师——我们过去一直有联系，虽然时断时续，但关系密切，一直到他去世为止。把他的文章编辑成书的人，迈克尔·伍德①，也是我过去的一位老师——现在也是我的朋友。就在昨天，西丽还在普林斯顿大学见到他（他现在在那里教书）要去给学生讲当代小说。我自己两周以后也要去那里。不知道为什么要提这些——我猜，也许是因为昨天买书时勾起了我诸多的回忆吧。

致以良好的祝愿！

保罗

---

① 迈克尔·伍德，现为美国普林斯顿大学教授，曾任英语系系主任，此前曾经在哥伦比亚大学任教。

2009 年 10 月 9 日

保罗：

请看下面。
该怎么办？

约翰

2009 年 9 月 22 日
致：J. M. 库切，经由古典书局转交

亲爱的库切先生：

对于像你这样一位享有盛誉的作家，居然堕落到使用反犹太人的言辞，且毫无缘由，我感到失望，并视之为一种耻辱。

我指的是你的小说《慢人》第 22 章第 167 页和 168 页。你以那么贬损的方式提到"犹太人"，对故事的进展毫无帮助，而在我看来，不该使用这样的方式。

对我来说,这毁了一本有趣的书。

您真诚的,

(名字和地址隐去)

2009年10月10日

亲爱的约翰：

怎么办？什么都不做——或者就做点什么。就是说，别理会那封愚蠢的来信，也别再去多想它。要不然，如果你发现自己深受困扰、不可能不去想它的话，就给那个英国女人写封信告诉她，你写的是一部小说，而不是有关道德操守的小册子，那番针对犹太人的话语，还不要说彻底的反犹太主义了，是我们所生活的世界的一部分，如果仅只是因为笔下的人物说了她所说的那番话，这并不意味着你就赞同她的观点。这是"如何阅读小说"第一堂课的内容啊。难道凶杀案故事的作者就赞同凶杀？作为一名坚定的素食主义者，如果你小说中的人物吃了汉堡包，难道就暴露了自己是个伪君子？那个女人的来信很可笑、很白痴啊。我通常对此的应对方式是，把它揉成一团，扔进垃圾箱。

我想你现在应该已经收到我上一封信了，还有一张明信片，上面罗列了更多诗人的名字（还有很多很多，发走之后又想起了很多）。希望听到你对阿多诺/萨义德有关晚年风格的思考，先此致谢了。说老实话，这是个让我颇为困惑的话题。

希望你身体健康。

您诚挚的,

保罗

2009 年 10 月 14 日

亲爱的保罗：

上周，我给你转发了一封英国读者的来信，附有一张令人颇为绝望的便条：对此该怎么办呢？

这封信指出了我的小说《慢人》中的一段话，是主人公马里加纳·岳基奇的克罗地亚情妇对某家店主所说的一段反犹言论。据此，这封信的作者就谴责身为该书作者的我是个反犹太主义者。

你在回信中非常敏锐地指出，对这样一封来信，还确实有事能"做"。比如，可以置之不理。或者，也可以回信解释，说明小说中的主人公在某种程度上是独立于他们的作者的，而且——特别是对次要人物而言——作者也不会总替他们去说话。

你同时还指出，作为有一定知名度的作家，我理应想到会收到各种各样的读者来信，包括像这样对何谓小说或者小说何为都并不真正理解的来信。

但我的问题依然还在：对此该怎么办呢？因为——世界已经变成了这个样子，而 21 世纪的世界尤其如此——指控你是反犹太主义,就像指控你是种族主义一样,一下子就把人甩到了被告的一端。"但我不是他们中的一员!"人们想要大喊大叫,摊开双手,显示自己的双手是干净的。

然而,真正的问题并非谁的手干净、谁的手不干净。真正的问题来自作者被甩到了防守的一端,来自随之而来的不祥的预感,预感到读者与作者之间的友善关系就此蒸发,而这种友善关系一旦消失,阅读就失去了乐趣,写作也将会成为一种不情不愿的沉重负担。这种情形发生之后,该怎么办呢?当一个人的文字是被人挑来拣去找出隐藏的蔑视和异端邪说的时候,为什么还要继续写作?这简直就像是回到了清教徒时代。

这个话题说得够多了,就此打住。你问我对你的老师爱德华·萨义德有关晚年风格问题的看法。我得承认,我不大记得他说过哪些内容了,只记得他曾经抨击过我所固执坚持的对晚年风格的那种过时的理解。于我而言,文学上的晚年风格,始自一种理想:语言要简约、顺畅、朴素,着力于真正重要的问题,即使是生命与死亡这类大问题。当然,一旦你越过了起跑线,写作本身就会取而代之,引领你走上它自己的轨道。你最终的结局可能就是简约,就是顺畅。

在上封信中,你罗列了战后美国诗人的名单,都是些1945年之后有影响力的诗人,确实是一份很珍贵的名单。但我们今天看到与他们相当的一批诗人了吗?我想,我还是要小心谨慎,不要急于做出这样的回答:老一辈故意对年轻一代的才华视若无睹。但我要说的是,在今天的读者当中,已经很少有人会听从我们这个时代诗人的召唤而在生活中去独领风骚了。然而,我确实相信,在1960年代和在一定程度上的1970年代,众多的年轻人——的确,众多杰出的年轻人——都把诗歌当作最真实的生活指南。我在这里指的是美国的年轻人,但对欧洲也同样适用——事实上,最适用于东欧了。当今世界,谁还能够像布罗茨基①、赫伯特②、恩岑斯贝格③或者(在有些令人质疑的程度上)艾伦·金斯伯格那样拥有塑造年轻人灵魂的力量呢?

在我看来,1970年代后期或是1980年代初期,由于在我们的内心生活中艺术放弃了其主导地位,结果事情发生了转变。我做了充足的准备工作去观察和分析在那时和现在之间究竟发生了什么,包括政治的、经济的甚或世界历史的特征;但我仍然确确实实感觉到,作家和艺术家犯了一个常规性的错误,他们拒绝面对艺术的主导地位所带来的挑战,正因为这样的错误,我们今天更加窘迫了。

一切顺利!

约翰

---

① 约瑟夫·布罗茨基(1940—1996),俄罗斯诗人、散文家,1972年移居美国,1987年荣获诺贝尔文学奖。
② 兹比格涅夫·赫伯特(1924—1998),波兰诗人。
③ 汉斯·恩岑斯贝格(1929—),德国作家、诗人、翻译家。

2009年10月23日

亲爱的约翰:

　　说点让你舒畅一下的吧(如果舒畅一词在这里还适用的话)。有一天晚上,我参加了由国际笔会主办的一个会议,会议名为"评估与拷问",主要论证美国布什政府时期的种种恶行(大会手册的封面已经附上)。在做开幕式致辞时,美国笔会新任主席安东尼·阿皮亚引用了《凶年纪事》中的一段话,有关西贝柳斯和关塔那摩,有关人性尊严与人性耻辱的那段话。这让我很高兴(如果高兴一词适用于这样的语境的话),仿佛当天晚上你就在我们中间,也由此证明了那些真正读懂你作品的人随处可见——这与那位写信让你深感不快的英国女读者形成了鲜明对比。

　　请原谅我迟复你上封传真——日期标注为九天前的那封。事实上,针对你的评论——自从1970年代末或1980年代初以来艺术的角色日渐衰弱——我想了很久,一直也

想说点与此相关的内容作为回应。我写了好几页的东西，包含了我的许多想法和观点，但都不尽如人意。我觉得它们浅薄又无聊，我不愿拿它们去烦扰你。而且，我越想这个问题，就越感到沮丧——我感到自己在撰写我们时代的讣告、我自己人生的讣告，这种感觉压得我都透不过气来了。

我所尝试的几种方法如下：1）分析资本主义的成功；2）流行文化战胜"高雅"文化；3）共产主义的失败，随之而去的革命理想主义，以及彻底改造社会的概念；4）现代主义的消亡。

探讨上述问题应该可以找到答案，可我所发现的却徒有悲哀。

但你是对的。过去的很多事情，到今天已物是人非。我不知道是否该为这样的失落而去责备艺术家。或许涉及的因素太多，很难去责怪哪一个人。然而，有一件事确信无疑：愚蠢在各条战线都有所加剧。如果人们去阅读美国内战时期士兵的信件，其中的大多数都会比当今绝大多数英语教授的写作能力好得多，它们会更有文采，更加流畅，对语言的细微差别更加敏感。怪学校不好吗？怪糟糕的政府纵容了糟糕的学校的存在吗？还是说就因为有太多的干扰，太多的霓虹灯，太多的电脑屏幕，太多的杂音？

我唯一感到慰藉的是，无论如何，艺术还在稳步前行。艺术是人类难以抑制的需求，即便在严峻的时代，依旧还有无数的优秀作家与艺术家，甚至是伟大的作家和艺术家。虽然他们的作品的读者或是观众的人数减少了，但还是有相当多的人心系艺术与文学，他们在追求有价值的东西。

很抱歉这次思考得太少。我临阵脱逃了。我下次会做得更好,我保证。

致以诚挚的问候!

保罗

2009 年 11 月 2 日

亲爱的保罗：

我能简单回复一下我们此前关于体育运动的讨论吗？

我一直在读一本有关量化史的书，是西奥多·M.波特①的《信任数字》。作者想要说明的是，我们对"事实与数字"中那些数字的热衷其实是近代的事情：他把定量精神的萌芽追溯到了 18 世纪中期。

对我来说，群众性体育运动的兴起与数字崇拜可能不无关联。换句话说，体育运动之所以以数字打包的方式流传至今，可能确有原因。

就以形形色色的足球规则为例吧。据我所知，足球在欧洲的起源不过是邻村年轻人之间一年一度的打斗，为的是争夺一件公认的战利品，然后把它带回家。战利品的形式并不重要，可能是人头，也可能是动物的脑袋，但通常它

---

① 西奥多·M.波特，美国加州大学洛杉矶分校历史系教授，美国艺术与科学院院士，主要研究科学史，其《信任数字》一书全称为《信任数字：在科学与公众生活中追求客观性》，1995 年由普林斯顿大学出版社出版。

会是囊状物或是球形物。那时没有什么规则("球队"可大可小,场地是整个乡村,比赛形式不过是追逐和/或围堵和/或扭打,也可能是戳眼睛),一旦一队进攻得分,比赛就结束了。

一直到19世纪中期,为了使之像个正常的游戏,才制定了一系列的比赛规则。正是这些法典化,才使得比赛开始有了现代的数字阵容:球员的数量,场地的大小和标识,比赛的时间长短,进球得分的标准,取胜的定义等等。

或者考虑一下球棒与球①这类运动。我把它们的起源归于这样的游戏形式:一个人将石头投向另一个人,后者就用盾牌或是棍棒防御。这个游戏到后来就不那么危险了,因为目标(在板球中)被重新定位为物体,防御者用棍棒防守,再到后来(在棒球中)进一步被定位为一个躯干大小的抽象目标,位于手握棍棒者的身后。改革者对比赛结果规则进行了修订:增加了一组烦琐的数字叠加——两人之间的距离是多少,"球"(石头)的尺寸和材料构成,"球板"(球棒)的大小等等——然后又加上了一套新的抽象的数字奖励制度,如果击到球了(跑垒)就奖励,放弃自己"打数"的位置就受惩罚等等。

只有当原初的竞赛变成了规则支配的娱乐活动、获胜是由抽象的数字来决定时,它们才能获准进入到现代生活中。

拳击是个很有趣的例子,它的运动精神与原初的竞赛

---

① 像板球与棒球,就是"球棒与球"这类运动中最受欢迎的两种。

最为接近。尽管数字化已经尽全力使这项运动现代化了（比如说，出拳就会奖励得分，至少在业余比赛中有此规则），但它只是部分地被驯化了，因此也就流连在了优雅体育项目的边缘。

我还想到，某一类男孩会被棒球和板球这样的运动所吸引，是因为它们把两种东西巧妙地结合在了一起。一种是所有运动都有的英雄崇拜（"我真希望我的父亲就像 X 一样！"这句话转化后的意思就是："那个自称是我父亲的人并不是我真正的父亲；我真正的父亲是 X。"），一种是社会所支持的定量制度，它允许那些反应灵敏但不够成熟的人逃避了诸如此类难以回答的问题："那些自称是 A 队的人，要比自称是 B 队的人优秀吗？"或者说："有没有一种方法，让 A 队的集体优点超过每个队员优点的总和呢？"

上述想法都是因为读到凯文·拉巴莱斯对你的访谈录（刊登在上周末的《澳大利亚人》报纸上）而有感而发。里面包含了一则警世寓言，讲述了如果一个男孩不随时备好自己的铅笔会有什么样的下场。

谢谢你 10 月 23 日的来信。你已经回答了为什么艺术家在五十年前对我们的生活如此重要而现如今却风光不再的问题，我给不出更精彩的答案了。

至于你感觉你正在书写甚或已经书写了一阵子当代乃至自己一生的讣告，让我来提一下我最近听到的有关临终关怀的新兴产业：在一位经过专业训练的顾问的帮助下，一个人在临终前记录下对自己一生的反思——成就、遗憾、回忆、作品——然后精心地包装起来（以 CD 的方式，或者打印成稿)交予死者的亲属。据这种产业的推广人说,事实表明,让病人有机会以这样的方式讲述他们的故事,可以让他们更加安详地离开这个世界。

一切顺利!

约翰

2009 年 11 月 13 日

亲爱的约翰：

就在我寄出上封信的第二天，我收到了一位朋友的小说英译本的手稿——这是一本厚重如山的著作，比你我任何一个人所写过的作品都要长三四倍。他的翻译是个新人（他上一任翻译退休了），因为我的朋友把这部作品视为他最重要的作品（的确如此），加上他自己的英语不牢靠，所以几个月前，我答应帮他审读一下翻译稿，给他的美国编辑提点建议。到昨天为止，我完成了这项任务——真是一次缓慢而又艰苦的跋涉，看了成千上万的句子，从头到尾都被翻译无数的错误搞得困惑不已，最后才慢慢领悟到（但还未确认）英语不是她的第一语言。那些个错误大部分都是小错误，微不足道——该用"as if"时写成了"like"，该用"he and I"时，写成了"me and him"，把分离不定式、形容词用作副词，及物动词和不及物动词全都混淆在一起用——但这些东西的累积效应会令人心烦，如果就像现在这样的话，那这本书就不宜出版。当然了，错误都会纠正，最后什么问题都不会有了，但在整个的审读过程中，我不断在回想几个月前我们所讨论的有关"母语"的观念问题,想到要掌握一门语言该是多么复杂的一件事情,为了"掌握"一个特殊的习语用法,必须把那么多的条例规则以及条条框框的例外形式全都融入到血液之中才行。一个不足挂齿的差错都会暴露你未能完全有效地理解这个系统的运作方式。一个小小的失误,警钟就开始鸣响。正如我那天的一个亲身经历,我给当地的出租车公司打电话叫车去曼哈顿。我告诉了那位女调度员我的地址,她一定是在电脑上查看了地图,然后问我,是不是在某某街和"休斯顿街"之间(她把后者的大街名读作"休斯顿",就像是得克萨斯州的那座城市)。凡是居住在纽约的人都知道那个词应该读作"豪斯顿"——于是我立刻问她:"您不是纽约人,对吗?"她说对,事实上她刚搬到纽约来不久。这个事例也让我想起了战争片、间谍片中的某些场景。一个德国人乔装成美国人或是一个美国人打扮成德国人,就因为一个小小的口误——把豪斯顿说成了休斯顿,就会暴露自己的身份,最终被查出乃冒名顶替。接下来出场的就是行刑队了。一大队的人马遭到屠杀。战争失败。多么错综复杂的母语知识,运用起来又是多么微妙!

* * *

你对人们之于定量的启蒙式狂热与组织化体育发展之间关系的观察很有独创性。我不知道你对棒球了解多少,但如果一个人在美国待过,就一定会对这项运动有所了解,至少不陌生。你可能意识到了,棒球就是一项由数字主宰的运动。每场比赛,每场比赛里的每个动作都立刻会转化成一个统计数字,由于那些统计数字都记录在案,所以今天的一场比赛中的所有动作,都会被放在这项运动完整的历史语境中去解读。不会有美国人记得1927年的美国总统是谁,但是,凡是关注棒球的人都能跟你说得出:1927年是贝比·鲁斯打出了六十个全垒打的年份。为了让你体验一下这种对数字近乎犹太教法典式的痴迷,我给你附上了一页复印件,它取自《棒球百科全书》,该书包括了自从该项运动发明以来所有比赛的参赛选手的职业记录。请注意:帕迪·梅耶斯的整个生涯总共只参加了五场比赛,还都是1911年;而威利·梅斯,那个富有传奇色彩的威利·梅斯啊(一位缺书面记载故事的人),从1951年打到1973年,有两千九百九十二场比赛中出现过他的身影。这些真的都是量化统计。但对外行人来说,这些数据表格看上去毫无意义。

* * *

你提到说,足球规则形成于19世纪中期。但翻看我在十年前所写的一篇论英式足球与美式足球①的文章中,我

---

① 美式足球即橄榄球。

发现,标准规则早在1801年就引入了——这更靠近18世纪中期以及"量化精神"的诞生,因此,也就让拿破仑是在"伊顿的赛场上"被打败的说法显得更为可信。但关于当今的足球规则,你是对的,那是1863年在剑桥大学制定的。

说到球棒与球这类运动,我偶然发现了有关板球起源的理论:早先是用一个投掷物(石头?球?)去击倒挤奶女工的三腿凳,随着时间的推移,为了使比赛更具挑战性,就引入了棍棒去防止投掷物击中凳子。而凳子的三条腿最终演变成了三柱门。这可信吗?也许吧。

* * *

你提到了我在《澳大利亚人》上与凯文·拉巴莱斯的访谈。说实话,我一点都不记得跟他说了些什么。我甚至都不记得这些年里跟哪个采访者说了些什么。成百上千次的谈话到最后连一个音节字词都没留下。反倒是那些所谓普通的谈话,跟西丽,跟你,跟所有的亲朋好友的那些谈话,我通常都能回忆起所说的主要内容。难道访谈是一种虚张之事,是一种非正常事件,是一种并非谈话的谈话?甚至在访谈过程中,我都倾向于忘记前面说过的话。脱口而出的词句,接着就永远消失了。是因为要回答下一个问题的压力导致我忘记了前面的话吗?还是因为担心自己说出过什么愚蠢的话而抑制了自己的记忆力?抑或是谈论自我令人感到单调乏味?

去年夏天你在这里的时候,你说自己已经不再接受访谈了。但你过去是否有过某种类似的经历呢——还是说,我是唯一受此特殊的健忘症形式折磨的人?

无论如何,如果我给凯文·拉巴莱斯讲过铅笔的故事的话,那我一定是在谈我八岁时邂逅威利·梅斯的经历。我是不是还顺带着谈到——发生在不到三年前的一件事?如果没有,请告诉我一声,我会在下封信中与你分享一下,因为那个故事奇特而又感人,值得一说。

* * *

说到记忆,昨天晚上发生的事情让我们俩感到相当震惊。大约二十五年前吧,西丽和我在公共电视频道上看过一部电影,是讲阴暗的1933年大萧条时期的一部喜剧片,主演是克劳黛特·科尔伯特①,片名《三角月亮》。我们俩当时都觉得这部片子拍得棒极了,所以在过去的四分之一世纪当中,我们总把它当作失落的宝藏,是那个时期最优秀的影片之一。上周,我发现这部电影发行了 DVD 版,就订购了一盘——昨天到了。晚饭后,我俩迫不及待地放起来看,但让我们深感失望的是——我们分别一致地感到失望——我们发现,这部影片根本就算不上一部优秀影片,再怎么说都是一部平庸之作。可我们一直以来的评价怎么会

---

① 克劳黛特·科尔伯特(1903—1996),美国著名女影星。

出现这样的错误呢?更重要的是,我们俩对基本的情节全都出现了记忆错误——只是方式不同罢了。西丽记得克劳黛特·科尔伯特有三个姐妹,事实上她有三个兄弟。我以为克劳黛特·科尔伯特走出家门找到了一项工作从而拯救了家庭,但事实是,她两周之后就又丢掉了工作。

怎么会这样呢?

我忽然觉得,记忆可能是某种可以探究的东西。或者说,如果记忆是一个巨大无比的主题,那么就探究记忆的欺骗性吧。

致以最热烈的问候!

保罗

2009 年 11 月 22 日

亲爱的约翰：

下面这条消息,来自今天周日的《泰晤士报》体育版,可能会让你觉得有趣(紧接着你的上一封信),尤其是这个语法:"……未来的比赛都会建立在数字之上。"他们在此所讨论的统计数字远在我那天发给你的那个图表之下——或之外。我们离纯粹的理论物理领域越来越近了。

可另一方面,即使他们所做的一切都可以转化成数字,但运动员可不是机器人。看看 1946 年印有泰德·威廉姆斯①和斯坦·缪旭尔②两人的那张可爱的照片吧,那就是明证。他们两位在所有时代都是伟人。

想念你……

一切顺利！

保罗

---

① 泰德·威廉姆斯(1918—2002),美国著名职业棒球选手。
② 斯坦·缪旭尔(1920—2013),美国著名职业棒球选手。

2009 年 12 月 15 日

亲爱的保罗：

你问我是否有过接受了访谈又不记得自己说了些什么的经历。基本上没有。但每当我听到自己对访谈者信口开河时，我就经常感到十分厌倦。依我看来，只有在对话者之间涌动着某种气流时，才会有真正的谈话。而这样的气流很少在访谈中流动。

我很乐意与你在将来的某个时候讨论一下记忆问题，如果那时我们还能想起来回到这个话题的话。而此时此刻，我的记忆最为关注的一个方面则是心不在焉。在我来到这个地球上的第七十个①十年即将结束之时，我用一双鹰眼竭力想捕捉到证实我的大脑正在运转的第一个征兆。但还没有征兆出现——至少，没有我会承认那是一个征兆的征兆出现。

谢谢你寄来的那些棒球统计资料。它们很容易让我想起了《板球人物年鉴》，又名《威斯登人物》，它就年复一年

---

① 这是作者的笔误，后面还有涉及。

地收录全世界板球运动的统计数据。

我一直在思考食品的问题——食品与食品禁忌。长久以来,我一直以为弗朗茨·卡夫卡是一位素食主义者。直到最近我才知道,这个问题在儿女与父母同住的家庭当中引起了很大的争论——卡夫卡本人或许并不反对去挑起这样的争论。我偶然看到了恩斯特·帕维尔所著的卡夫卡传记①。帕维尔很严肃地对待卡夫卡之于食品的态度,我想凡是看过《饥饿艺术家》的人都会严肃对待的。帕维尔说,卡夫卡无意中利用了犹太人的饮食教规,为他自己创建了一套苦行禁欲、自我折磨、终具毁灭性的礼仪。践行这些礼仪的后果之一就是,他逐渐与家庭疏离,直至他开始独自一人就餐。

在我看来,在我们周围活跃着两种食品话语,而令人惊讶的是,它们相互之间毫无关联。一种是就餐与烹饪,它已经大规模地扩展到整本整本的杂志专门谈论它的地步;而另一种是饮食病理学,讨论的是像厌食与暴食这样的心理物理疾病,更普遍一点的还有肥胖症。

让我感到困惑不解的问题在下面。有少数人(尽管在某些国家这可能是有惊人数量的少数人),他们的食品,若用现在的委婉语表示,就像卡夫卡所说的那样,是"有问题的";而与之形成对照的多数人,在他们的生活中,食品没有什么特殊的深层含义,只与身体营养有关,或许会带来瞬

---

① 恩斯特·帕维尔(1920—1994),美国作家,因撰写《理性的梦魇:弗朗茨·卡夫卡传》(1984)而闻名。

间的快感,仅此而已,真的是这样吗?像这样草率地把人分作两个阶层,不是很像根据与自己的父母"有问题"和与自己的父母没有问题那样把人分作两类吗?难道我们不都是些与自己的父母"有问题"的人,只不过方式不同、程度不同罢了?(我是用从天而降的弗洛伊德精神提出了这样的问题。)从帕维尔式的研究者那里,我们中间有多少人能拿到一纸健康证明书呢?

我们总是这样去想问题:曾几何时——不久之前——食品如此匮乏,只有少数特权阶层的人才有资格挑挑拣拣,所以才会"有问题"。对于普通民众来说,这应该也包括你我的祖先在内,能填饱肚子是唯一重要的事;如果足够幸运的话,你的体重还会有所增加,那一定是让你自我陶醉但却遭邻居嫉妒的原因所在。

在这样的社会发展史中,开始大规模地出现我们吃或不吃的食品之间的混乱关系,那就只能是近期的事情了——比如说是近五十年或者一百年来的事情。

但我很怀疑这种发展史的真实性。我想知道的是,难道在食品紧缺的情况下,就不可能产生食品的混乱关系吗?所有宗教都倡导的斋戒现象究竟意味着什么呢?(我的意思是说,如果不用宗教所给出的术语,如灵魂的净化、肉体的苦行等等,那么斋戒意味着什么呢?)这也不像是说,这样的问题——是否贫穷之人与目不识丁者才会有混乱的食品关系——是无法回答的:全世界有数十亿的人生活在食品匮乏的条件下,我们只要问问他们就知道答案了。但有没有人在探索食品在他们生活中的深层含义呢?我感到还没有。

弗洛伊德讲过一段话,我觉得与上述问题相关。他说,古代的性生活与当代的性生活之间的区别在于,在古代,人们关注的焦点在性冲动,而今天,人们关注的焦点在性对象。这个观点可以用在食品问题上。把人们关注的焦点从菜单上都颇具吸引力的 X 和 Y 上,转移到我内心深处的什么东西导致我选 X 而不选 Y 的问题上,这意味着什么呢?味觉的快感无法分析,它没有历史,也没有精神的维度(在个人主体的生活上来说,没有精神维度),这些都真实可信吗?我们真能接受对这样的分析应该加以禁止(成为令人扫兴的禁令)吗?

对于食品禁忌,人类学家给出的解释之一就是,禁忌代表的是内团体与外团体的对立,因此,它是某种把内团体联结在一起的凝聚力。按照这个解释,禁忌的内容就降为次重要的了(像没有鳞屑的海洋动物,奶牛所产的牛奶)。但这样的说法对我来说太过抽象。一个西方人在越南的街头摊点上,看到悬挂着一种不熟悉的动物躯干,就问那是什么;当人们告诉他,那是一条狗时,我猜想,他会感到一阵真实的厌恶,甚至会呕吐。如果告诉他,他的这种厌恶是文化调适的结果,这并不能缓解他的症状。在他周围嘲笑他反应过激的越南人,并不会因此而少了一分——那个词怎么说来着?——可憎之处。

让我们回到在赫尔曼·卡夫卡[①]餐桌边的弗朗茨·卡

[①] 弗朗茨·卡夫卡的父亲。

夫卡吧。多亏了帕维尔,我们才有了这样的想法,那就是:在赫尔曼这样一位敏感的资产阶级面前,弗朗茨会装成什么样子呢?而赫尔曼又会怎样看待弗朗茨呢?

一切顺利!

约翰

2009 年 12 月 18 日

亲爱的约翰：

当我读到你说愿意跟我讨论记忆问题，"在将来的某个时候，如果那时我们还能想起来回到这个话题的话"，我禁不住哈哈大笑起来。接下来，你在信中提到了心不在焉，再紧接下来，你就说在你来到这个地球上的第七十个十年即将结束之时——这就意味着你已经七百岁啦！当然了，这是口误，它们在生活中总是会不断出现，哪怕我们还年轻，哪怕我们并没有心不在焉，但正在讨论心不在焉时出现口误，也着实令人忍俊不禁。

像你这样年事已高的人，我必须说，上次见到你的时候，你看上去真的非常健康。

* * *

我敢肯定，你一定记得我们在去年的电影节上都很喜欢的那部俄罗斯电影《原野》。它到今天在美国都还没有发行商，我觉得这不公平，所以最近我就给一位熟人打了个电话，他是现代艺术博物馆电影部的部长（为每年春天在那里举行的新导演/新影片节挑选阵容的负责人之一），我邀请他到家里来观看了那部电影的DVD。他的反应很热烈，说他会尽全力让这部影片上映。特大喜讯啊。接下来的第二天，他打电话告诉我说，他同一个部门的一位同事现在就在格鲁吉亚（是国家，而不是美国的州①），要为博物馆组织一次格鲁吉亚电影节，她刚刚看了《原野》，也印象深刻非常喜欢。这也是好消息，对吧，但就在此时，传来了一个坏消息，说好像是那个年仅四十九岁的导演——我们在埃什托里尔见到过他，在他的电影放映式之后的问答环节，他对答如流，魅力十足——在不到一个月前去世了。我的朋友无法向我提供进一步的消息了。真令人悲伤。这是我最最不愿听到的一个坏消息。我想，你和多萝西应该知道……

* * *

在上封信中，你提到了我在《澳大利亚人》上所做的访谈录，以及我不记得是否告诉过那位记者有关铅笔的故事。我答应过你如果我没有讲过的话，就把续篇说给你听。既

---

① 国名格鲁吉亚与美国的一个州名佐治亚，两者在英文中为同一个词"Georgia"，所以，作者在这里有此一说。

然你在这封最新的信中没有提及,我就假定我还没有讲过吧。

故事的开篇就在我的《散文集》的第271至272页上——属于真实故事系列第5部分《为什么写作?》的内容。若你曾被我那童年时期的痛苦经历所吸引,那么现在请看这里:

2007年1月,西丽和我逃离了纽约的严寒,到佛罗里达的基韦斯特参加一个文学节。参加文学节的作家中有一位是谭恩美①,之前在1990年代我就通过一个共同的朋友,电影导演王颖②和她见过几次面。几年前,韦恩告诉过我一个关于恩美的有趣的故事,我曾经写进了另外一个真实故事系列《事故报告》(见《散文集》第273页)。再次见到恩美,我才意识到,我忘了寄给她那本有她的故事的书了——于是我就在基韦斯特当地买了本书送给她。她在返回旧金山的飞机上看了那个故事——当然还有书中的其他故事,包括关于威利·梅斯的故事。凑巧的是,那个当时已经七十六岁的退休棒球手就住在旧金山附近的一座镇上,而恩美的两位朋友又碰巧与他是邻居。恩美一回到家中,就给朋友打电话,要他们赶紧出去买我的书,然后去敲威利·梅斯的门,给他读了我在1955年与他邂逅的那篇文章。据恩美的朋友讲,威利在听故事的时候热泪盈眶,在听完之后的一两分钟内,他只是静

---

① 谭恩美(1952—),美国华裔作家,主要作品有《喜福会》等。
② 王颖(1949—),美国华裔导演,执导了《喜福会》与《雪花秘扇》等电影。

静地坐在那里,摇着头,口中不停地重复着:"五十二年了,五十二年了……"

恩美打电话给西丽,告诉了她这一切,但我那时还蒙在鼓里。第二周,碰巧我要过六十岁生日,好心的谭恩美专程来到纽约请我们共进晚餐,还带来了一个由威利·梅斯亲手签名的棒球给我。一位老人终于得到了他在孩童时期梦寐以求的东西。当然了,它现在已经不再是他的之物了,但这不是问题所在。即便不谈别的,他也被威利的感动感动了。

* * *

我不愿再跟你多谈我更多的旧作了,但如果你手边正好有我的《散文集》,你倒不妨看一看《浅论卡夫卡》(第303页),《饥饿的艺术》(第317页)和《纽约的通天塔》(第325页)。这些都是旧作,全都是我在二十几岁时所写,但它们与你所提出的有关卡夫卡和食品等问题直接相关。

我记得在帕维尔的书刚出版时(那是1984年!——真是不可思议,时间过得如此快)我就买了一本,当时就认为那是我所看到过的写卡夫卡写得最好的作品。我不大相信其后的哪本传记还会超越它。你在信的最后所引用的那两段话既令人心寒也富有洞见,那详尽的分析与我竭力要在那些篇幅短小、高度概括、年轻气盛的文章当中所呼唤的要对自我伤害的强制力进行详细探究如出一辙。在遭受食品折磨的人群当中,卡夫卡是一个极端的例子,但我同意你的观点,几乎我们所有人都有食品方面的"问题",未必一定是你所说的饮食病理学,但至少,比如说,会是在与我们放入口中的东西之间存在着诸多"复杂的关系"。因为同样的原因,你在提及弗洛伊德时引用道:一定存在着某种心理成分,可以用来解释为什么我们受到了菜单上 X 的吸引而不是 Y。这些都能追溯到童年时期那些被埋葬的记忆吗?或许吧。

我发现你的所有观点论据都相当充分,对它们我没有任何异议,但我们可能也应该考虑一下食品的社会功能,斋日的习俗(每年的圣诞节、感恩节、逾越节享用的都是相同的菜肴),膳食的特殊观念等问题。当我们饥饿的时候,当我们饥肠辘辘的肠胃告诉我们应该进食了的时候,为什么不直接吃饭呢?谁下令将每天分为早餐、中餐和晚餐的?看到卡夫卡孤独用餐的习惯时,我就在想,我们大多数人都不喜欢单独用餐,差不多每个人都在跟他人一起用餐(夫妇之间、朋友之间、家庭中间、孩子们在学校餐厅),而进餐总体而言就是为谈话提供了一个机会。食物从口而入,话语脱口而出。

在我的前半生中,我对任何仪式都不感兴趣。生日庆典、国家法定节假日、宗教节日、周年纪念活动——所有这一切都激不起我的兴趣,而我也尽量避开它们。然而,二十九年前,我蹑手蹑脚走进哈斯特维特家族后,才发现原来挪威的圣诞节有如此复杂的条条框框。西丽和她的三个姐妹都是真诚、自由、理性之人，但是，在她们同样理性的父母指引下，他们六个人展现出了一种对于张扬圣诞节传统所持有的那种绝对始终不渝的信仰。有圣诞树，那是自然不过了，还有圣诞礼物，但传统的核心是圣诞晚餐——一成不变的晚餐。菜单年复一年永不变样，最后总会是一道甜点大米布丁，上面有一层树莓酱，还总要有人在上面点上一颗"神奇的"杏仁（都是由西丽的母亲放在上面）：获得杏仁的人会得到一份奖品，而奖品还是食物——一大块巧克力。

我还是第一次参加这样的圣诞晚餐，都不知道该怎么去评价它了。当时我觉得好荒谬啊，六个聪慧之人居然参与到这么幼稚的仪式当中还乐此不疲，但与此同时，六个人所流露出来的那种其乐融融与相亲相爱的画面也让我记忆犹新。在我的人生经验中，如此和谐、如此情深的家庭我还没有遇到过。

随着时间的推移，家族也在不断壮大。所有姐妹都陆续结婚生子，在整个家庭人丁兴旺的最高峰（那是在西丽的父亲去世之前了），一度达到十九人，大家把圣诞晚餐的圆桌围得满满的。下一代人带着上一辈人所有的那份热情去迎接圣诞，没有一个孩子曾抱怨说每年怎么吃的东西都完全一样。年复一年的菜单似乎带给人的是舒心与慰藉，期望着下周还能是圣诞节。我得承认，作为很久以前的怀疑论者，我现在就在期待着下一个圣诞节的到来。

* * *

谢谢你发给西丽的邮件,谢谢你针对伍德①贬低我的作品、生活或者其他方面(好像我就代表了他一样)所说的那些安慰的话。我没有去读它。我早已不看有关我著作的评论了,无论是赞扬的还是批评的,但我听到不少人提到他写我的那些事情,让我感到自己好像被一个陌生人劫持了一般。如果你被人猛击一拳,你的本能反应就是反手一击。现在这种情况下,又不允许反击——这令人相当沮丧啊——但随着时间的流逝,苦恼也会减弱。另外,据我的责编讲,她叫弗朗西斯·考迪,2008年你在澳大利亚时见过她(是彼得·凯里的妻子),她说有关评论全都是积极的、正面的,出版社也已经准备在六周之后第四次印刷了。所以,我不能再抱怨了,尤其不该对一个名字的含意是有一天他会被白蚁吞噬的人②抱怨了。

祝您也开心地哈哈大笑!

保罗

---

① 指詹姆斯·伍德(1965—),文学批评家,长期为英国《卫报》和《纽约客》撰写书评等文章,现在在哈佛大学英语系讲授文学批评课程。这里应该是指伍德在2009年11月30日在《纽约客》上所发表的一篇评论奥斯特的文章——《浅层的墓穴——论保罗·奥斯特的小说》。
② 伍德的英文为Wood,意为木材、木头、树林,奥斯特以此挖苦伍德。

2010 年 1 月 7 日

亲爱的保罗：

你所描绘的哈斯特维特家中用餐的场景真是有趣极了。

说到家庭餐饮的模式，大概可以分为三个阶段。第一阶段，你刚刚走出婴儿时期，在餐桌旁有了一席之地，你花数年时间细心观察长辈的言行举止。到了第二个阶段，你开始抵触餐桌上的规矩，反对"餐桌礼仪"，因为在你看来，它们包含了虚假与伪善的社会，特别是家庭中的一切。你反抗到一定程度，就会端上餐盘进卧室，在那里吃，或者是到冰箱中偷偷摸摸地找食物吃。然后到了第三阶段——就是你所描述的那样——你重新发现餐桌是家庭成员的融合之地，甚至针对叛逆的年轻人开始维护餐桌的价值观。

真正让我感兴趣的是围绕着餐桌所兴起的风俗习惯。所以，尽管从本质上说，餐桌不过是人们用来填饱肚子、满足其动物属性的一个场所，但还是要在此引入控制个人食欲的礼仪——至少在正式场合是如此——把它当成照顾他人食欲的地方（"您先请！"）。此外，只是默不作声地满足个人食欲是没有"礼貌"的:餐桌是家庭会议的场所,无论头等大事还是家庭琐事,大家都会在此沟通交流。在这样的家庭谈话中,首要的规则就是,个人情感不得放任自流,无论他们冷静的外表下有多么愤怒,也必须和颜悦色。(这当然是走向叛逆期的孩子所发现的家庭用餐时最令人难以忍受的地方:这就是在做戏,大家都在逢场作戏。)

或许这个模式还有第四个阶段。孩子逃出鸟笼,远走高飞了,空留下父母隔着餐桌面面相觑。他们会说话吗(继续遵守禁止易怒话语的规则),还是会陷入沉默之中,而那份沉默也会延伸下去,也会因年复一年的日积月累而越来越凝重?

我该提到的,我也曾是你提到的那位批评家关注的对象。人一旦受到批评,就会发现自己处于一个特殊的位置上。我们抛开批评家充满敌意的评论不谈,在评论中可能会出现事实的错误,或者全都是误读也未可知。但一个人应该做出回应吗?一位作家应该写信给编辑,让自己成为一篇不公平的书评的反驳者吗?好像编辑不会不欢迎这样的回应——再也没有在通信专栏中出现一段文学之争而让他们的读者感到津津乐道的了。

圣贤作家①至此该小心了。他会知道,生气——就不

---

① 圣贤写作是维多利亚时代的一种富有创意的非虚构类写作类型,有点像我们所说的纪实类文学作品。其作品总是使用古代圣贤的哲理言辞与教益,教育与指导读者关心时代的社会问题等。一般认为,像马修·阿诺德、亨利·大卫·梭罗、诺曼·梅勒都是圣贤作家。

要提那些愤怒或者(上帝禁止!)伤害人感情的话了——是致命的:那会把他变成一个滑稽之人。因此,批评家都是格外大胆的人。他表现得就像小孩,敢于把石子掷向动物园里的大猩猩,因为他知道自己是被栏杆保护着的。

致以良好的祝愿!

约翰

2010 年 1 月 12 日

亲爱的约翰：

在几周前的圣诞晚餐上，我问家中几个最小的年轻人（年龄是七岁、十岁和十五岁），每年都得吃同样的食物会不会感到厌烦——不管怎么说一点变化都没有啊——而他们都异口同声地说他们喜欢这样，正是都一样才让圣诞晚餐如此令人神往，看上去他们都急切地渴望着每年一次的晚餐。

这是礼仪让人欣慰的地方。这种礼仪与宗教无关。这是家庭礼仪令人欣慰的地方。

在我们家，西丽负责一日三餐。那天她忘记准备一样传统菜肴：水煮红叶卷心菜——我敢说，在他们哈斯特维特家族中，除了圣诞节之外，没人会吃这个菜。当家人最终发现缺这道菜时，餐桌上一片抱怨之声。西丽连声道歉，并且保证明年一定多加注意不会再忘了。

看上去每个细节都很重要啊。

* * *

批评家。你是对的:小说家公开回应恶意攻击会是致命的。但近几年来,我听说过那么两起事件——两者都没有书信往来。八十岁的诺曼·梅勒①给了对他恶评的一位批评家的腹部一记老拳。有位年轻小说家写了一篇卑鄙无耻的文章来评论理查德·福特②的最新作品,福特朝他脸上吐了口水。我很同情出拳者和吐口水的人——或许是因为我太注意端正自己的言行了,所以既出不了拳也张不开口,尽管有时我也很想爆发一次。

二十年前,我是有一次机会的,但我最终没有让它爆发。《洛杉矶时报》的一位书评家(此前曾经是《纽约时报》的戏剧评论家)针对我的《月宫》写了一篇满怀敌意的文章。不仅仅是否定性的评论,堪称不折不扣的人身攻击。大约一年之后吧,《纽约时报》的专栏版编辑约请我写一篇圣诞小说——是我当时接受的唯一的一次约稿,也是我唯一的一篇短篇小说,几年后改编成了电影《烟》。那是《纽约时报》第一次刊登虚构类作品(当然了,不能把那些错误的新闻故事算在内),而编辑很为自己的创意感到骄傲,对事情的结果和来自读者的好评也感到满意,于是,他请我外

---

① 诺曼·梅勒(1923—2007),美国著名作家,两度荣获普利策小说奖。
② 理查德·福特(1944—),美国小说家,1995 年荣获普利策小说奖。

出午餐算是答谢我所付出的努力。我们就到了《纽约时报》大楼附近的一家饭店,那里是《纽约时报》员工经常光顾的地方。午餐结束我们正要离开时,他突然发现了那个来自《洛杉矶时报》的评论家,也就是他从前在纽约的同事。"瞧,X 也在这儿呢,"他说,"我们过去打个招呼吧。"我都来不及告诉他,X 曾经对我的小说写过一篇肮脏的评论文章,我不想跟他会面。当专栏编辑把我介绍给 X,一提我的名字,那个人的脸色顿时煞白,我从他的眼中看到了恐惧。他很像等人给他一拳的那种人,而我也承认,有那么一瞬间我还真想那样满足他一下。但也只是瞬间而已。最好的办法,还是装作对他一无所知,闻所未闻,那篇文章也从未读过,于是,我礼貌地跟他握了握手,告诉他见到他很高兴。他看上去既震惊又释然——毕竟没有吃上一拳啊——而在那片刻之间,我感到了一种奇特的力量感(过去从未有过,后来也再未感受过),我知道,我完全掌握了此人的命运,他尽在我的掌控之中。我想,我表现得很优雅,离开饭店时我还沉浸在一种道德制胜的喜悦之中。

如今,我还不敢确定当初做得对。几年过去了,应该是很多年了,X 最终又回到了《纽约时报》,偶尔写一些书评文章。我上封信说过,我已经不再看有关我作品的评论文章了,但去年①(2008 年秋季)的一天早上,我早餐时打开《纽约时报》阅读,真是出乎我的意料,上面有一篇 X 写的关于我的《黑暗中的人》的评论。没人告诉我那天会刊登

---

① 原文如此,事实上为"前年"。

这篇文章,当这篇文章正好出现在我眼前的时候,我的意志力变得薄弱了,忍不住看了那篇文章。又是一篇猛烈的人身攻击的文章,依旧出自那个多年前我真该给他一记重拳的人之手。他有一句话让我刻骨铭心,看过之后就从我脑海中再也删不掉了:"保罗·奥斯特根本不相信传统小说的价值观。"这话到底什么意思呢?这倒很像是一名右翼政治家在竞选中演说的词句。

* * *

是在什么地方,不知怎么的,我偶然得知我们两个人的生日就在同一周。我是2月3日,而你呢,我相信,应该是9日。如果我没有错,那么在不久的将来,你将迎来人生新的里程碑的阶段,我在大洋彼岸向你送去我最热忱的祝愿。

我觉得你不会是对这类事情很在意的人,但我也在想,是否多萝西会催你举行某种庆祝活动呢,或者你是否愿意日子就这么过去而不受打扰。其实这并不是一个个人问题。我感兴趣的是,为什么有些人会非常热衷于庆典与礼仪(就像西丽热爱圣诞节那样),而有些人则熟视无睹。

我们已经从西班牙和法国回来有几天了,差不多一直在调时差,在适应纽约的时间。那里非常冷,这里也非常冷,似乎澳大利亚的某些地方也非常冷。我已经开始期盼春天了。

最美好的祝愿!

保罗

2010 年 2 月 19 日

亲爱的保罗：

我知道你并非文学沙龙中的常客，但你居住在一个文化大都市，这就命中注定了你难免会在这里或者那里碰到那些评论你著作的人。而我呢，与那些依靠言说他人聪明才智而养活自己的人会面的机会就少多了，因此也就不像你，我从来不需要约束自己朝着他们当中的一位的鼻梁给上一拳。

对我这样一个敏感而脸皮很薄的人来说，至少在我的日常交往中，我常常感到困惑的一点是：我从不把那些恶评放在心上。虽然困惑，但还没有困惑到让我想去搞清楚这样做的原因，以免将来有一天会突然失去这种有用的无动于衷。

对别人之于我的评价，我缺乏一种能力，一种伤心和感到不安的能力，而这话反过来说就是，我完全缺乏一种对那些感到不安和伤心之人应有的同情心的能力；这种能力的缺失，我很怀疑，就是我在 1996 年出版的《冒犯》中所探讨的核心思想：软弱。我在那本书中问道：当有人侮辱你的宗教(或你的国家或你的种族或你的道德标准),而你感觉受到了冒犯时——为什么不简单地耸耸肩,置之不理,然后继续生活呢?

很多(绝大多数?)人给出的答案是:因为我做不到。因为我的自我意识受到了攻击。因为对此见怪不怪会让我有一种屈辱感。

我敢肯定,在这样的答复中绝少会见到哪怕一丁点儿的真实性。但我的直觉,或者说我的个人偏好,无论现在还是我在写作《冒犯》时,都把这样的答复当作被迫还击的一个借口,而被冒犯者大都不愿意承认这一点:好战心理,爱打架。

我所以能够,或者说有能力,厚着脸皮与评论家面对面,原因在于我从来不用靠我的著作谋生。直到我前不久才从教师的职位上退休①,我有相当丰厚的大学里发的薪水可以依靠。即使是全天下的批评家都抨击我,即使是我的著作销售数为零,我也不会饿死。格拉布街②更丑陋的一面——心怀敌意、奉承讨好、诽谤中伤,诸如此类——源自靠乞讨过日子,在某些时候还需要孤注一掷。

无论如何,为你的大度而喝彩,为那位批评家没能以你为榜样而变得高尚鼓倒掌。

是的,我现在七十岁了——谢谢你的良好祝愿。闲暇时我会照照镜子,看看我是否已进入莎士比亚所说的第六

---

① 库切1970年代从美国回到南非,在开普敦大学任教,1983年晋升为教授,2002年退休。
② 格拉布街是伦敦的一条旧街,过去为穷苦潦倒文人的聚居地。

个或者更可怕的,第七个阶段①。我祈祷只是到了第六个,还不过是一个小老头:瘦骨嶙峋,脚蹬拖鞋,小腿萎缩,声音颤抖,但还没有回到孩子气,满口无牙,诸如此类。

您永远的,

约翰

---

① 莎士比亚在名剧《皆大欢喜》第二幕第七场中,把人生从童年到老年描述为七个阶段。

2010 年 2 月 23 日

亲爱的约翰：

我不太明白原因（可能是因为我们相距太遥远、见面机会太少的缘故吧），但我发现自己总是想给你寄东西。比如上个月我给你寄了一箱书，现在，我给你寄过去的是一盘意大利版的 DVD《走钢丝的人》。这部电影就是有关菲利普·贝蒂特①这个人的，几年前我翻译过他的书，也在上次的整箱书当中。我因为这个 DVD 还接受了一次采访，是在去年米兰一家酒店的大堂中，所以现在收到了十盘 DVD。多出九盘，一盘寄给你。

我不知道你是否看过这部片子，它 2008 年发行，曾经轰动一时（奥斯卡最佳纪录片奖），若是还没有看过，可能就不太知道谁是菲利普·贝蒂特。他最为人所知的是，他就是 1974 年在世贸双子塔间走钢丝的那个人。

如果看一看我为 DVD 所做的访谈，你就会知道我与菲

---

① 菲利普·贝蒂特（1949— ），法国高空走钢丝表演艺术家。1974 年 8 月 7 日，他因成功跨越纽约世贸双子塔而一举成名。

利普之间的关系——所以就不在此赘述了。我还在1982年写过一篇文章(《论高高在上的钢丝》,见《散文集》),原本是要放进我翻译的书中做序言的——但因为非常奇怪也非常有趣的原因——从未出现在那本书里。

那篇文章提到了一个人名:塞勒斯·万斯①,他曾在吉米·卡特手下担任过国务卿。我参加的一次菲利普的表演,他也在场。于是,我就把万斯作为一个修辞学上的由头——以此证明高空走钢丝绝对是一项民主的艺术,能够激发所有人的兴趣,从少年儿童到前国务卿。然而,当我把这篇文章拿给菲利普看的时候,他首先问——谁是塞勒斯·万斯?——我告诉他之后,他接下来说——他不想要一个政治家的名字出现在自己的书中。我当时目瞪口呆。你难道不明白吗?我说,我提到他只是想表明一个看法突出你的事迹。不不,菲利普答道,你最好还是把他的名字拿掉,我不能容忍他。我真是恼羞成怒,怒火中烧,我告诉他,他就是个白痴,我也拒绝把名字删掉,于是,就撤回了我的序言。

这是一个小小的但令人恼火的例子,说明菲利普是多么傲慢、自大、固执,还很虚荣。但话说回来,没有这样的个性,也很难想象他能取得那样辉煌的成就。幸运的是,争吵并没有影响我们的交情,我们依旧是朋友。几年后,我还为他这同一本书找了一位法国出版商,他兴奋不已,就把我的序言又放到了书中。

---

① 塞勒斯·万斯(1917—2002),美国政治家、律师。

所有这一切都是次要的,也都不是我写这封信的目的。我实际上对菲利普的事业更感兴趣——特别是电影中所记录的他的那三次高空行走:巴黎圣母院、悉尼海港大桥和世界贸易中心。我不知道你如何评价他的这些壮举(或者已经有过评价了),但对我来说,这些是我平生所亲眼看见的无与伦比的完美又令人惊心动魄的成就,像这样令人目瞪口呆的杰作,我一想到就会发抖。

在以前的来信中,你谈到自己观看费德勒比赛的感受时说:"我刚看到的这一幕,既是人之所能,也超越了人之所能;我刚看到的,仿佛是人类理想展现在了眼前。"接下来,隔了几段,你又夸赞了那些艺术的杰作说,"然而它是像我这样的男人……创作出来的;同属于他……所代表的人类真是荣幸之至啊!"

菲利普的壮举激起了我相似的敬畏之心——也让我产生了相似的同属人类的自豪感。

我想问的问题是:为什么。

严格地讲,他所做的这一切并非艺术,对吧?也算不到体育运动的范畴。我以为,从某种观点看,它倒是可以划归为疯狂之举。毕竟,为什么要冒着生命危险去做那些实际上毫无用处的事情——无用之举呢?可是,正如我在DVD访谈中所说,当我看到在巴黎圣母院走钢丝的镜头,当菲利普站在钢丝上开始平衡木钉时,我禁不住热泪盈眶。这太令人难以置信了,可以说是疯狂之极,完全超出了对人类所有正常的期待,这打碎了我心中的某种东西。

很多年了,我念念不忘想拍一部纪录片(其实我知道我永远也做不到),题目就叫《无用之艺术》。影片的开头是一位家具大师正在精心打造一个橱柜(实用的手艺),上面点缀的是一群正在集训的年轻的芭蕾舞姑娘的形象,她们正在努力完善自己的艺术(追求美,这从本质上说是无用的,因为它没有实际的功效),然后镜头移向采访和表演的人群,那里有各式各样的实践者,全都是追求那些被忽视的、不被欣赏的"艺术"的人们:菲利普与高空钢丝;里基·杰①,一位变戏法艺人和近景魔术师;阿特·斯皮格曼②,一位把漫画书变成了严肃文学的漫画家——换句话说,艺术通常与孩子和狂欢节密切相关,但到了这三位的手下,由于他们对精确、智慧和创新的孜孜以求,这些流行的形式都被提升到了一个精细复杂的高度。我跟他们几位是多年的至交,发现他们有一些共同的特征:执着到偏执,能够严以律己,富有历史感(每个人都是各自领域中艺术品的狂热收藏家),写作能力超强。(我愿意把里基的魔术史《博学的猪与耐火的女人》当作一个鲜活的例证。)

我想,上述观点表明,行走在传统艺术(文学、戏剧、音乐、绘画)的边缘,人们能够对人类的审美冲动理解得更为透彻,而艺术的重要性的最有力的论据,恰恰就在于其无用,我们之所以是最深刻、最有力的人类,就因为我们做事,是为了做事本身所带来的纯粹的愉悦——即使它需要无数岁月的努力工作和刻苦训练(如那些年轻的芭蕾舞女演

---

① 里基·杰(1948—2018),美国魔术师、演员与作家。
② 阿特·斯皮格曼(1948—),美国漫画家。

员),即使那种愉悦需要承受令人恐惧的风险……

说了这么多,希望你喜欢这部影片,如果你还没看过的话。

关于你的来信:我没有看出《冒犯》有任何瑕疵,而且我认定它是一部杰出的作品。我很怀疑你所提出的脸皮很厚地去面对你的评论者这个理由,与你作为教师可以维持自己的生活这个事实之间究竟有没有关联。你坚信自己的作品,这才是根本原因所在。你坚信自己的作品而且知道它们是优秀之作。

几个月前,我们还在讨论为什么近几十年来没有新的体育项目出现。大概看了几眼冬季奥运会之后,我想我们可能夸大了问题。交叉滑雪!滑板滑雪!女子空翻时滑雪板还系在她们的脚上!

我的心都提到嗓子眼儿啦!

一切顺利!

保罗

又及:

上个月西丽刚刚出版了德文版的《摇摇摆摆的女人》,她就接到了邀请,到维也纳的弗洛伊德基金会去做年度演讲。想想吧,怎么会不为她感到骄傲呢?

2010年3月29日

亲爱的保罗：

非常感谢你寄来的菲利普·贝蒂特的DVD，还有你为他录制的访谈。我很喜欢你的访谈。有你造访我们的客厅，听你说那深思熟虑、合情合理而又巧妙构思的语句，我乐在其中。而你对贝蒂特本人可谓宽宏大量，令人钦佩，他给我的印象，我不得不说，是一个相当自负的家伙。但话说回来，或许人是需要自负的，或者至少对自己没有怀疑才行。假如一个人要想在走钢丝或者要求身心合一全神贯注的任何职业中获得成功，就必须自负。正如你在访谈中所谈到的那样，这种全神贯注与集中思想是难以区别开来的。

我觉得，电影本身也有构思不周之处。最让我着迷的地方依旧是贝蒂特在高空钢丝上行走的镜头，是从很远的地方拍摄的，看上去钢丝消失了，他仿佛站在空中一般。但影片有太多贝蒂特自我吹嘘之处，告诉我们他即将表演的那些个特技是多么"不可能"做到，尽管我们早已知道它们并非不可能，因为他已经做过了。所有叙述他和自己的朋友是如何躲避巡逻人员的那些无聊的段落也可以剪掉。

我能想到比贝蒂特所代表的走钢丝更有创意的故事，是卡夫卡早年可能约略提及过的一个故事，但后来又放弃了。一个年轻人冒险去走一处深渊之上的钢丝。他没有掉下去，他安全地回来了，但他从此再也没有冒险走过钢丝，甚至再不谈及这个话题，尽管他的朋友都记得他的壮举，大家也总是在不断回忆中谈起往事。年轻人则继续自己的生活，最终结婚生子，在外人看来他在方方面面都风光无限。但他再也不是那个过去的自我了：他的朋友们知道，他自己也心知肚明。这就仿佛是他在空中遇到了什么人或经历了什么事，就在他停留的那很短暂的一瞬间：一丝目光掠过，获得一种确认，一切都变了。

我想，我想要的不是真实的菲利普·贝蒂特，而是一个走高空钢丝上的艺术家，一个可能是抽象的艺术家。但也许抽象的可能性与不容置疑地认定你不会掉下来，两者不能并存。

这就把我带入你在上封信中对我所做的一个评价，大意是说，作为一个作家，我似乎对所从事的写作有坚定的信念。（你回应的是我当时说的话，如果评论家给我恶评我也不会烦恼。）

我想，这一次你误解我了。我对自己的写作并没有太多的信心。更准确地说，我对自己会一直从事写作这件事有足够的信心——足够的信心或者说足够的希望，哪怕是盲目的或是很狭隘的希望，而如果我给自己手头的工作以足够的时间与精力，那它就会"有效果"，就不会太失败了。但我的信心或是希望也就到此为止了。我对自己的作品会存续多久,真是没有太多的信心。"无论大理石还是镀金的王公们的纪念碑,都难比这强大的诗歌存活得更久"①:真正的信念听上去是这样的。我可效仿不了。

看看另外一个话题吧。我一直在回顾前不久我向你提出的有关所谓全球金融危机的一些评论,大意是说,在我看来,它并不是真正的危机,而恰恰像教科书上的范例,说的是坐在柏拉图洞穴里的那些人,凝视着(他们电脑显示器上的)阴影,而且错误地把这当成了现实。我曾建议,我们只需要重置数字,"危机"就会终结。

我开出的这个处方,可能会遇到反对意见,觉得我很像是说只要我们把每个人记忆中的内容挖出来,再植入一套新的记忆内容,我们将会有效地创造一个崭新的现实。反对者还会继续说,上述两个药方都忽略了记忆并非只是大脑中的生物化学配置结构(或者一台电脑里的比特配置结构),而是在真实的历史中所真实发生过的所有事情的痕迹。即便是在证券交易所监视器的记忆槽里的数据,背后都有一段抹不去的历史——我们可能要称之为经济学的历史记忆。换言之,对于如何创造一个更美好的未来(用更美好的过去代替原来的过去),激进理想主义的解决办法,并不比他们解决金融危机所开出的药方——用好的数字代替坏的数字——更幼稚。

对我来说(让我跳过讨论中的几个步骤),问题就归结到了我们该怎样严肃对待博尔赫斯的问题了。博尔赫斯断

---

① 莎士比亚十四行诗第五十五首的前两句。

定有人闯入了一部大百科全书里我们的历史之中（换言之,进入了我们大家共同分享的历史记忆的机体当中）,一旦完成,我们的历史就有了用新的过去取代旧的过去的可能,也因此,会有新的现实——这很可能会重新塑造我们。博尔赫斯的寓言会被当作哲学上的智力游戏而得不到认真对待呢,还是说他提出了一个带有真正的哲学深度的想法？我愿意相信是后者。

如果应用到金融危机上,博尔赫斯的提议对我来说至少在理论上是可行的。与人类历史的重量与密度相比,电脑显示器上的数字之后并没有拖着太多的历史负担——至少没有多到我们不同意摆脱它们、换上一组数字重新开始的地步吧——如果我们真的想要那么做的话。

问题在于我们是否真的想要一个崭新的金融分配制度,是否能够在一套崭新的数据上达成共识,这才是困难之所在。数字本身不会有阻力:阻力来自我们自身。所以,环顾当今世界,我们看到的不过是我们期望看到的:我们,"这个世界",更愿意生活在我们自造的现实的痛苦之中（金融危机就是彻彻底底的人造现实）,而不愿重新组合一个崭新的、可以协商的新现实。

一切顺利！

约翰

2010 年 4 月 7 日

亲爱的约翰:

刚刚从一次短途旅行中归来……就看到了你新的传真在等着我。

很高兴你喜欢我在影片中的访谈(那次访谈进行得很仓促,根本就来不及),哦,是的,尽管我们所用的字眼不同——我用的是"傲慢",而你用的是"自负"——但毫无疑问,菲利普属于极少数人。我想这不用多说。但正是他缺乏谦逊,我想,反倒让我对他产生了兴趣。

我理解你对影片所持的保留意见,但那个小个子男人独自在高空钢丝上行走的形象真是令人难忘,而我还惊讶于那段 1970 年代初的影片所记录的菲利普和他的朋友们在他准备高空行走的壮举时在法国乡村欢呼雀跃的场景。一睹青年的愚蠢与活力令我动容——让我想到了特吕弗①的一部从未拍成的电影的废胶片。至于贝蒂特的那些谈

---

① 弗朗索瓦·特吕弗(1932—1984),法国电影导演、编剧、制片人、演员。

话,事实上他本人要更加平和且富有魅力。我觉得,他在影片中面对镜头滔滔不绝,目的是要让导演看到他"表现很好"。

假如你感觉我对你判断失误,那么请你原谅。我想我的评论反映了我自己对你的作品的无限的信心。当然,你会有所怀疑也会没有把握,也不知道自己的著作能否经久不衰。我也是。我想,凡是证明了还没有疯狂的作家都会如此。这是一种内心状态,与评论家评述我们的作品究竟是好是坏没有关系——要知道批评家似乎总是因为错误的理由而提出表扬,正如他们因为错误的理由提出指责一样,这就让他们不可能像文学价值的仲裁者那样去认真思考。每个作家都会对自己做出判断——通常还很苛刻——这也许是作家不断创作的动力所在:妄想他们下次可以写得更好。但只因为你(J.M.库切)对自己有所怀疑,并不意味着我,作为你多年的读者,也要对你的作品产生任何的怀疑。正如一个人对评论所做出的反应那样,倒很可能是个人秉性不同所造成的——脸皮厚的人对脸皮薄的人。也许你属于脸皮厚的人吧——至少在针对陌生人的评价时是如此。我不愿把自己描绘成脸皮薄的人——只不过在很高兴地决定不再看评论时脸皮够薄了。

(简讯:我刚刚与埃瑙迪出版社①的帕奥拉·诺瓦雷塞

---

① 原为意大利的第三大出版社,现已并入下文会提到的蒙达多利出版集团。

通了电话,有两则信息传递给你。第一,我们两个可能都成了一出新闻恶作剧的牺牲品。在过去的几年中,某个叫作托马索·德贝内代蒂的人在多家报纸上——二十多家,很明显,还可能更多——发表了许多虚假的作家访谈录,其中包括一个你的,在 2003 年,一个是我的,就在最近,今年的 1 月份。这个丑闻还在追查当中。与其说我生气,倒不如说我感到困惑不解。为什么会有人不辞劳苦地假冒见到了作家呢?——作家,我们都知道,不过是世界上最不重要的人罢了。第二,我们两个会在 6 月份同时到意大利。西丽和我接受了邀请,要在托斯卡纳大区①一个小型的蒙达多利②/埃瑙迪节上进行一次对话。一小时的不安,换来此后在该地区的四天假期。据帕奥拉跟我说,就那个周末(12 至 13 日),你在热那亚③会有要务。在那段时间,如果我们不设法见个面岂不荒唐,哪怕就是在飞回家之前多在意大利待上一到两天也行啊。如果我们有可能聚会的话,我们两个非常乐意动身前往你的所在地去。多萝西会与你同行吗?请告诉我你觉得这样的计划怎么样。我确信埃瑙迪出版社的人会很高兴帮我们安排这一切。)

仔细考虑了你对经济危机、博尔赫斯、新的范式的评论,我感触最深的莫过于你最后的话:"我们……更愿意生活在我们自造的现实的痛苦之中……而不愿重新组合一个

---

① 位于意大利中部,其首府为佛罗伦萨。
② 意大利第一大出版商。
③ 意大利利占利亚大区的首府,意大利的第六大城市。

崭新的、可以协商的新现实。"这不仅适用于经济学,也同样适用于政治以及我们所面临的各种社会问题。让我随意从成百乃至上千种折磨世人的问题中举出三个例子来谈谈吧:

1) 中东冲突。一个人无论是否赞同犹太复国主义,无论是否相信一个世俗国家是由单一宗教的信徒所建立的逻辑,以色列都是一个事实的存在,而摧毁以色列将会对地球上几乎所有的人造成无可挽回的伤害。第三次世界大战,无法统计的死亡人数,难以估量的灾难。另一方面,尽管犹太人与所在地区有着历史的联结,以色列的那些阿拉伯邻国却把犹太国视为他们中间的一大恶性肿瘤,自从1948年起,他们就一直不屈不挠地要把它从地图上抹去。曾几何时(在拉宾被暗杀之前,在"9·11"事件和激进的伊斯兰组织壮大之前),我曾经对这样一个双边问题得以解决的可能性抱有谨慎的乐观态度。如今这样的希望已经破灭,当我想到这一冲突持续时间已经与我的整个生命一样长时,我相信,现在早已过了该思考去找出一个一劳永逸的解决方案的期限,也不存在还有未被人想到过的解决方案了。这么多年了,我也有好几个堂吉诃德式的想法,但我相信,我最新的计划就是最佳方案。让全部的以色列人口从那块土地上撤出来,把怀俄明州给他们。怀俄明州土地广博、人烟稀少,为了世界和平,美国政府只需买下当地的农牧场,再把怀俄明州的居民安置到附近其他州就可以了。为什么不呢?对人类最大的威胁就会消除,迪克·切尼也会无家可归①，而要不了多长时间，以色列人就会建起一个繁荣昌盛的国家。对我来说，这是一个绝佳的解决方案，当然啦，也是个绝不可行的解决方案。为什么呢？因为，用你的话说就是，我们愿意生活在我们自造的痛苦之中。

2）美国宪法的基本缺陷。美国宣称是民主国家（少数服从多数原则），但事实上是一个由少数人在运作的国度。我不是在谈论公司企业、特权阶层和经济精英，我指的是联邦体制本身，指的是这样的一个事实：美国五十个州，平均每州有两名参议员，这就意味着，人口稀少的怀俄明州（大约有五十万人口），与人口庞大的加利福尼亚州（超过了三千万），在国家大事上享有同样的声音。这不公平，也不民主，换言之，我们的政府未能充分表达其公民的意愿。这个缺陷当然有其历史原因（是1780年代为了把最初的十三个州团结在一起组成一个国家而彼此妥协的产物），但它一直都不是一个明智的主张，而现在，两个多世纪之后，它近乎要把我们的国家分裂开来了。怎么改变这一制度呢？唯有通过国会投票，也就是要那些来自人口较少的州的议员投票剥夺他们自身的权力，消灭他们。一个政治家投票剥夺自身的权力，这样的事情历史上可曾有过？所以，我们也就继续生活在我们自造的痛苦之中。

3）美国教育的危机。每个人都承认有问题，每个人都知道我们大多数的学生是不合格的，每个人都理解唯有受

---

① 迪克·切尼（1941— ），美国政治家，曾任布什政府的副总统，虽然生于内布拉斯加州，但从小在怀俄明州长大。

教育的大众才是民主未来的唯一希望(尽管在严格意义上,我们并不是民主政治),但每一次改革似乎都使得情况更糟。我的解决方案是:更优秀的教师。怎样才能招到更优秀的教师呢?向他们支付与律师、医生、投资银行家同样高的报酬,于是那些最聪明的学生就会很快转向选择教师职业。要支付教师高工资很容易,削减 X 个无用的武器计划,压缩军事预算开支即可,但这绝不可行,至少在我们现在这样的世界中还不可行。于是,我们只能继续浸泡在痛苦之中。

我不知道经济危机给澳大利亚造成了多大影响,但在这里所造成的后果是毁灭性的。虽然不能说是像十八个月前我们还在自嘲时提到的完完全全是大萧条的样子,但也同样可怕,大量的人已经受到了冲击。人们丢掉了工作,丧失了家园,整座整座的城镇与整个整个的社区走向分崩离析。正如以往每一次经济崩溃,自从资本主义开始以来每一次泡沫经济的破灭那样,我以为,都发源于历史的盲目性,一种愚昧的信念:上升之物永不会下降,全然不顾历史上周而复始地上演过多少次这样上下滚动的游戏了。在这种情况下,就会出现错误的假定:房价永远都在上扬。所以,就把房子卖给那些负担不起的人们,因为到最后就连他们也会战胜困难获得成功。然而,更糟糕的是,既然所有人都要在这个只升不降的世界上捞取利润,人们就把脆弱的、难以维系的抵押贷款绑定后拿去做了有价证券(真是个好词啊:安全①)。所谓博学之人当时都赞同这种天方夜谭,而现在再

---

① 英文中的有价证券(securities)是安全(security)的复数。

看看我们。其中可怕的部分在于——至少在这里——金融界似乎没有人因此而受到惩罚。

最近我一直在阅读克莱斯特①,特别是他的小说和书信。我还记得在我二十出头的时候读他的作品所留下的极其深刻的印象,而现在,我被他征服了。他的非同寻常——往往是一针见血,引人深思,叙事的节奏难以改变,必然之感灰飞烟灭。难怪卡夫卡那么欣赏他……

请告诉我你6月份意大利之行的安排。西丽和我会非常高兴在那里再次见到你。

最美好的祝愿!

保罗

---

① 海因里希·克莱斯特(1777—1811),德国诗人、戏剧家、小说家。

2010 年 4 月 17 日

亲爱的保罗：

谢谢你 4 月 7 日的来信。我已经与埃瑙迪出版社的人联系上了，希望能够 6 月份在彼得拉桑塔①见到西丽和你。

从你写信之后，有关德贝内代蒂事件又有了进展，我相信你一定已经注意到了。现在看来，你我只是众多受害者中的两个。我的意大利语懂得不多，但浏览一下他捏造的对我的采访，我推测他是利用我来做他的传声筒，表达他个人对非洲和南非的看法，这与他利用菲利普·罗斯当传声筒表达他对贝拉克·奥巴马的看法如出一辙。

我还没有找到他所捏造的对你的采访。

如果这就是德贝内代蒂本人的行为方式，那么，他的总体目标似乎就是要借文学名人之口宣扬他的世界观而已。

我们所生活的时代，唯有惩治诽谤罪的法律方能制止诸如德贝内代蒂这类未来的作家把我们——这里的我们，包括所有或多或少有些知名度的人们——变成他们小说中

---

① 意大利托斯卡纳北部的一座小镇。

的人物、把我们变成言说他们情绪的传声筒,也才能避免我们去做他们的规定动作,而那些行为可能令我们发笑、不安、不快、厌恶甚至惊慌失措。如果类似的伎俩能够得逞,那么最终的结果是他们所捏造的我们的"伪自我",连带着那些浅薄的观点,就会肆意泛滥,从而在公众意识中占有主导地位;而与此同时,我们"真正的""自我"和我们"真实的"(这两者总是不厌其烦地连在一起的)思想,就只能为少数朋友所了解。这样的话,以假乱真就大获全胜了。

你引出了以色列的话题。我发现要谈以色列是很困难的,但如果你能容忍我的话,我也愿意尝试着理一理我凌乱的思路。

我是带着十分沮丧又厌恶的情感关注巴勒斯坦和以色列的新闻,有时候真的很纠结,觉得还不如对这两户倒霉的人家①说声讨厌后掉头就走。巴勒斯坦人一直都遭受着极大的不公——这是我们大家有目共睹的。他们被迫去承担那些他们决不应负有任何责任的欧洲事务的后果,而且——正如你在以怀俄明换犹太人的幻想计划中所指出的那样——有很多办法可以解决问题,用不着把巴勒斯坦人驱逐出他们的领土。

历史既往,覆水难收,无法改变。以色列存在着,而且还将长时间地存在下去。我知道以色列政治家喜欢在头脑中想象这样的图景:阿拉伯军队蜂拥越过边界,屠杀男丁奸

---

① "这两户倒霉的人家",原文语出莎士比亚的《罗密欧与朱丽叶》(1592)第三幕第一场。

淫妇女亵渎神庙,但事实是,半个世纪过去了,阿拉伯人如此全力以赴也未能夺回巴勒斯坦人哪怕是一平方米的土地;没有任何一个公正无私的观察者会相信,如果他们再发动一次新的进攻的话,他们就会有所斩获。

如果说世上有失败一词的话,那么,巴勒斯坦人已被打败。尽管这样的命运可能很苦涩,他们也必须去品尝它,或者直言不讳地说,咽下它去。他们必须接受失败,而且是建设性地接受它。相反的、非建设性的应对方法则是,继续梦想着有一天奇迹能够出现、在所有的错误得以纠正之后去收复失地。所谓建设性地接受失败的办法,他们可以参照德国1945年之后的做法。

我所说的终极复仇的梦想,巴勒斯坦人可能会称之为终极正义之梦。但失败与正义无关,它与力量有关,与谁的力量更强大有关。只要以色列人能看到,在巴勒斯坦人寻求正义解决问题的表面下隐藏着推翻一切的终极梦想,那他们对于协商解决问题将继续冷淡——甚至比冷淡还糟糕。

巴勒斯坦人需要的是一位强者,能够发出强有力的声音:"我们已经战败,他们已经获胜,让我们放下手中的武器,协商投降事宜以争取最大的利益,要知道,至少还有令人欣慰之处,全世界都将会注视着我们呢。"换言之,他们需要一位伟人,一位智勇双全之人,从他们中间走出来站在时代的舞台上。不幸的是,一提到大智大勇,人们就会发现,迄今为止从巴勒斯坦人中产生的所有领导人都不过是侏儒而已。即使偶尔能出现一个大救星,我猜想他也很快会死在人们的乱枪之下。

也许到了该巴勒斯坦女性站出来执掌大权的时候了。

发表了对巴勒斯坦人的看法后,我也必须接着说,在历届以色列政府的所作所为中,某些行为方式十分丑陋——民选政府,在一部糟糕得不能再糟糕的宪法之下运作,除非采取超越宪法的行为,否则宪法永远不会有所改变——实在令人作呕。对于最近发生在黎巴嫩和加沙地带的事情,只能用一个词来形容它,这个词就是"可怕"。"可怕":一个丑陋的、冷酷的词汇———一个希特勒式的词汇——用来描述一种丑陋的、冷酷的、无情的对待人民的方式。我们只要相信人类历史予人以经验教训这样的进步观念,而且如果想要成为更美好的人,我们就应该吸取历史教训,我们就都会停下来考虑这样一个问题:历史究竟给了以色列什么样的教训呢?

我的大半生都居住在南非,那里有人数众多的白人,他们谈起黑人的情形,如同人们听到以色列人——许许多多的以色列人——谈起阿拉伯人一样,有和蔼可亲的,有不屑一顾的,也有恨之入骨的。正如在旧南非白人中有"好人"一样,以色列也有"好人"(我遇到过他们中间的一些人,他们都是社会的中坚力量)。但这里并没有潜藏着令人欣慰的经验教训。如果说那些南非白人中的"坏人"被打败了,这并非因为那些白人中的"好人"说服他们放弃了荒谬的言行且带他们去忏悔的结果。同理,如果说以色列的"坏人"未来会被打败的话,那也不是因为以色列的"好人"批评他们之后的结果。原因可能多种多样各不相同,但我们至今还都不得而知。

因为我被人看作怀有左翼的立场,所以就会被要求去为巴勒斯坦人签署请愿书,然后去支持他们的事业。有时候我会按照要求去做,有时候则不会;决定总是来自深刻的反省。就此而言,我并非独一无二。像许多西方的知识分子,包括很多非犹太裔的西方知识分子一样,我在以色列和巴勒斯坦的问题上,情感也是分裂的。

我特别应该产生情感分裂的原因有两个。第一是因为西方文化中的犹太因素对我的成长有重要影响。如果没有弗洛伊德或是卡夫卡,更不要说令人迷乱的犹太先知拿撒勒①的耶稣了,那我就绝不会是今天的我。而与此同时,阿拉伯文化与穆斯林的宗教思想,无论其客观声望如何,则对我的成长没有任何影响。

当然了,弗洛伊德和卡夫卡对本雅明·内塔尼亚胡②来说一无用处,他是犹太历史中的糟粕而非精华的继承者。我从来都毫不掩饰地热诚盼望内塔尼亚胡及其党羽的倒台,并热切盼望迎来一位有胆量面对犹太右翼势力的新的领导人。

但我还有第二个考虑。我有一些犹太朋友,他们与以色列这个国家的命运紧密相连。如果我得在朋友和历史的公正原则之间做出选择的话,恐怕我得说我选择朋友——不仅因为他们是我的朋友,还因为我相信他们对以色列的

---

① 拿撒勒,巴勒斯坦北部古城,相传为耶稣的故乡。
② 内塔尼亚胡(1949—),以色列政治家,现任以色列总理。

承诺(并不是一定要去支持哪个特定的以色列政府)是一种发自内心的真情实感,有时也十分痛苦。我没有过这样的承诺,但正如在恋爱中那样,即便爱人错了她也是对的,友谊也是如此啊。

说到克莱斯特,我毫无保留地赞同你的观点。打开他的书就仿佛被它带回了家,这里有一群 A 类作家,人员虽然稀少,但他们之于游戏的玩法,却与另一些令人更加舒心也更加熟悉的 B 类作家完全不同:更加坚实、更加敏捷、更加聪慧,但也冒着更大的风险。

(顺便说一句,我最近再次观看了埃里克·侯麦[①]根据克莱斯特的《O 侯爵夫人》所改编的电影。我把这部影片视为以文明之名对天才之谜的一曲颂歌——埃里克·侯麦具有如此开明的鉴赏力,使我都惊诧他在电影界该取得多么大的成就啊。)

一切顺利!

约翰

[①] 原名 Jean-Marie Maurice Scherer(1920—2010),法国电影导演、编剧,被认为是法国战后新浪潮运动的主将。

2010年4月20日

亲爱的约翰:

很抱歉啊,我的传真机电源拔掉了。我们最近一直在忙着修缮房前的台阶,有个工人因为电锯要用这个插座,但很显然,他用完之后忘把传真机的插头重新插上了。而且昨天接收你的来信时,我才发现传真机的油墨快用完了。所以,信的前两页非常清楚,但第三、四页就有模糊的地方了。我相信我还能辨析得出所有的内容,但为了慎重起见,我想请你有空时把那两页再发一遍,好吗?

能在6月和你相见,西丽和我别提有多高兴了。如果我没记错的话,这是我们在近两年半中的第五次见面了。想想阿德莱德和纽约之间的距离,这就不错了。而且(这也可以称得上是一项纪录了),我们每次见面都是在不同的国家——澳大利亚、法国、葡萄牙、美国,而这次是在意大利。

至于德贝内代蒂事件,没有,我没在关注最新进展。网络上有没有专门的网站在发布新的消息呢?我很想去看一看。他虚构采访我的那篇访谈,是刊登在一家名叫(我想应该没错)《国家》①的报纸上。很显然,他还虚构了另一篇访谈,也投了其他什么报刊,但由于引起了编辑的怀疑,稿件未能刊出。我大致浏览了一下那篇已经发表的文章,当我看到其中我自己把纽约比作女人的时候,我就确信无疑这篇访谈是赝品了。虽然我这一生发表过不少愚蠢的言论,但还从未愚蠢到那种地步。

为什么我们能够保持通信且坚持不懈?原因多种多样,我是深深地被你对我评价克莱斯特的回应所打动了。赞同。完全赞同。你补充的评论,我全都赞同。

行程出来了,西丽和我将在4月30日动身前往耶路撒冷,会在那里停留八九天吧。所以,你对以色列的评论真是来得恰逢其时啊。(我同时发过去一篇文章,来自今天早晨的《纽约时报》,我也是在早餐时刚刚看过,不过个把小时吧。文章写得并不特别深刻,却抓住了正在以色列发生的某些特征——其中有些话令人沮丧,但不幸的是,它入木三分:"萎缩的政治左派。")

你提到了自己"凌乱的思路"。鉴于眼下时局如此凌乱,而且一直如此混乱,我看不出还有什么词比"凌乱的思路"更能表达我们现在的心情了。我那个玩笑般的要把以色列人遣送至怀俄明州的解决方案,也不过是我凌乱的思路的又一例证——而且足见那是多么绝望的表达啊,深信巴以双方是决不会和睦相处的。正如阿摩司·奥兹所说:

---

① 应该指的是一家意大利报纸。

"求和而已，非求欢也。"但是，连这点要求似乎再也不可能了。

凌乱，还有你所说的，分裂。就连我，这个在以色列建国前一年出生的犹太人，也跟你是一样的分裂。

我们都知道以色列建国的原因，我们都能轻而易举地想象得到（或者还记得）第二次世界大战刚刚结束后的国际局势，也能理解为什么那么多人相信建立一个犹太人的国家的必要性。话虽如此，但这并不意味着它就是个好主意。令人悲哀的是，人不能再走回头路。正如你所说，历史既往，覆水难收，无法改变。

毫无疑问，巴以双方的表现都非常糟糕。1967年战争以后，以色列把领土扩张到约旦河西岸的行为令局势恶化，而且随着时间的推移，这种行为似乎令人越来越无法容忍。巴勒斯坦人民的痛苦与潦倒令人怒不可遏。随着以色列右翼势力的崛起，让我义愤填膺的是许多的定居者居然是美国人——大部分都是来自布鲁克林的年轻、狂热的正统犹太人，他们到那里去追逐童年时代就一直憧憬的牛仔加印第安式的生活去了。他们是狂人，越过了理性的底线，而他们的出现恰恰与以色列当初建国时的初衷——世俗的、社会主义的、宽容的国家——格格不入。

许多年来，我对巴勒斯坦领导人所发表的看法，与你信中的观点大同小异。如果中东政坛上能出现一个甘地，而不是阿拉法特，我坚信巴勒斯坦人早在二三十年前就已经拥有了一个属于自己的国家。与此同时，周边的阿拉伯国家虚与委蛇，令人生厌。它们都蕴藏着丰富的石油资源，富足天下,轻易就能拿出大笔的资金帮助巴勒斯坦人建设一个有活力的、繁荣昌盛的社会。但它们却袖手旁观,一无所为,宁愿让巴勒斯坦人去痛苦地充当对抗以色列的宣传工具。

正因为我有凌乱的思路、凌乱的情感,所以我一直拒绝到以色列去,直到我差不多年过半百的时候,才开始有了以色列之旅。当时,我收到一封来自(由泰迪·科勒克①经营的)耶路撒冷基金会的邀请函,作为特邀作家,会在和平区②居留三到四周时间,我就接受了邀请。于是,在1997年1月,我和西丽带着九岁的索菲亚一起出发了。当时,以色列的总理正是可恶的内塔尼亚胡,因为我曾经在一次访谈中骂他"愚蠢而又邪恶",所以我受到了右翼报社的猛烈抨击,尤其是《耶路撒冷邮报》。但没有关系。我依旧坚持过去的观点,而事实是,在这次访问以色列的过程中,我所遇到的都是你所称的"以色列的好人"——是的,我们感到他们是社会的精英,全都是充满活力、体贴入微且富有怜悯之心的人。

尽管如此,我一路走来的印象则是,以色列最大的威胁不是来自巴勒斯坦人,而是来自它自身,这个国家如此四分五裂(大约是在拉宾被刺杀后的十四个月),存在内战的可能性。现在,我听说,以色列人民普遍笼罩在一种漠不关心的情绪当中,几乎所有人都厌倦了政治,年轻人更是不愿意

---

① 泰迪·科勒克(1911—2007),1965年起担任耶路撒冷市长,长达二十八年之久。
② 应该是耶路撒冷旧城区建立的第一个犹太人居住区。

卷入其中。八九天之后,我将有机会自己去印证这一说法。

未完待续……

致以最热烈的问候!

保罗

2010 年 5 月 11 日

亲爱的约翰：

我们已经从"苦难之地"回来了。我在以色列的所见所闻所感，都证明了我在十三年后再次踏上这片土地的所有担心都不是杞人忧天。与 1997 年的动荡局势相比，以色列当下的情形是有过之而无不及。你上封信中所提到的"以色列的好人"正生活在绝望状态中。而其他人则被锁进了骇人而又冷酷的封闭状态。

这一悲剧更加耸人听闻之处在于，它就发生在地球上一个最美丽的城市里。表面上，花海中的耶路撒冷，华灯初上的五月街头，富丽堂皇的石材建筑，仿佛到处都是五彩斑斓的世界。然而，在这表象之下，涌动的是疯狂、仇恨和绝望。正如我一位居住在特拉维夫的朋友所说："耶路撒冷不再是一座城市，它是一种流行病，一个灾难。"

尽管如此，从外表上看，生活依然在继续。文学节组织得很好，来自世界各地的作家共赴盛会，各种活动吸引了众多的人参与其中。知识分子和艺术家的队伍似乎在不断壮大，我们所遇到的许多人都给我和西丽留下了深刻印象。

但是,没有人——除了极个别人之外——愿意再去谈论"局势"问题。绝大多数人似乎对这一话题厌倦不堪,厌恶至极。

当然免不了会遇到记者。他们问的第一个问题就是:"到以色列来之前,您有没有过疑虑或者说是再三思考之后才来的?"而有时候,有些记者也会询问人们对"局势"的看法——这可是以色列人自己都很少愿意再提及的话题。而这里也是我所遇见过的唯一一个会提此类问题的国家。一位造访法国或者意大利的外国作家,是不会被问及他们对法国或者意大利政治的看法的。他们顶多会被问到他们对自己国家局势的看法。但是,我所遇到的以色列记者都没有兴趣听我谈论美国——除非是美国和以色列扯上关系的话题。我只能一遍又一遍地强调说,奥巴马并不是一个反以色列分子,他要求以色列人停止兴建新的定居点,是可以阻止这个国家不再出台自杀式国家政策的唯一办法。

当然,所有国家都有它们自身的问题。但是没有一个国家会像以色列那样感觉到自己的存在受到了威胁,种族灭绝就在眼前。恐惧蒙蔽了以色列人的双眼,让他们忘记了他们是这个区域唯一的军事超级大国。恐惧让他们自大自恋又与世隔绝。

暂且把巴勒斯坦、巴以双边方案、持续了四十三年之久的僵局这些更大的问题搁置一边,最让我难过的还是以色列的犹太人对待以色列的阿拉伯人的态度——我想,以色列的阿拉伯人现在已经占以色列总人口的百分之十八了。但是占人口大多数的犹太人却很少与占人口少数的阿拉伯人交流。一旦你想到美国只有百分之十二的黑人,而这百分之十二的黑人在美国社会生活中担当了重要的角色时,你就会对以色列在多数人与少数人之间的那种近乎绝迹的交流状态感到震惊。那些阿拉伯人也是公民,但是他们的同胞却将他们隔绝在以色列的公民圈之外。犹太人充其量是支持"隔离但平等"的传统观念而已——这种说法在我这个美国人听来熟悉得有点可笑。我不至于因此把以色列当作一个种族歧视的国度,但这已经是非常接近于种族歧视的社会了,这令人感到非常沮丧。

最糟糕的还是:栅栏,也就是所谓的安全屏障。当我第一次看见它时,我的心就一沉,然后我对自己说:这不就是乔纳森·斯威夫特所构建的国家嘛!

我们到以色列去的首要原因,是想去陪陪我们的朋友大卫·格鲁斯曼①。他和妻子仍然沉浸在丧子之痛当中(他们的儿子大概在四年前遇害了)。但尽管如此,我们和他们的聚餐和交谈还是让此行不虚。而且更巧的是,大卫也将在下个月去意大利参加蒙达多利/埃瑙迪的周末活动。多么期望在那里见到你,再次和你一起待几天,这种心情实在无以言表啊。

致以最美好的祝愿!

保罗

---

① 大卫·格鲁斯曼(1954—),以色列作家。

2010 年 7 月 4 日

亲爱的保罗：

感谢你 5 月 11 日的来信,描述了你称之为"苦难之地"的旅行情况。我不太同情如今的以色列人,或者说至少我不同情那些投票支持内塔尼亚胡上台执政的以色列人。但由于 1970 年代和 1980 年代我都是在南非度过的,所以我对你所描述的那番偏执、好战、悲观等错综复杂的情感再熟悉不过了。

最近,南非的历史学家一直在做大量的研究工作,探索南非政府在政策上何以有了一个大逆转——从当初像以色列人那样绝不妥协,到后来几乎是通过不流血手段移交了权力,为什么会如此。事实证明,政府中不乏智慧之人,而且早在 1980 年,军队也意识到了白人不可能永远垄断权力。可让他们不能大胆言说的最充足的理由,是他们对陷入政治或是职业无序状态的一种恐惧之心。

于是,就出现了这样一个自相矛盾的局面：一方面,统治阶级的精英中开始有越来越多的人意识到种族歧视是死胡同,但他们却任由自己默不作声。另一方面,真正的权力运作却越来越掌控在种族歧视的最后的忠实信徒,即右翼极端分子手上。

如果当下的以色列幕后也能发生类似的事情,那么以色列也许最终还有希望。场景之一:把权力从内塔尼亚胡这类人的手上移交到利伯曼①一类人的手上,与之呼应的是出现某种超越宪法的宫廷政变。

让军队的将领们不越位,是德克勒克②在位时的一项巨大成就。这是他在出台引人注目的改革倡议之前在幕后所做的铺垫。也许有一天,以色列的军队会把政治家逼到他们指定的道路上去。痴心妄想吗?你比我更了解这个国家。

在彼得拉桑塔与西丽和你的见面时间虽短,却是这次旅行的高潮。埃瑙迪出版社的人把我们组织在一起真是太好了。

迄今为止,我去意大利参加过无数次的文化活动,每次都不会被他们表面的混乱打扰了雅兴。无人确切地知道会场到底在哪里,音响师总是下落不明,口译人员因为没人告知活动的前后顺序而怒气冲天,等等。然而,当活动的时间一到,一切都会按部就班地进行:观众奇迹般地都知道了应该到哪里去,音响系统效果良好,口译人员水平一流。那份混乱不过是掩人耳目的假象而已:意大利人好像在说,我们

---

① 利伯曼(1958—),出生在苏联的以色列政治家,曾任以色列外长。
② 弗雷德里克·威廉·德克勒克(1936—),南非政治家,南非最后一任白人总统,结束了南非的种族隔离制度,1993年,和曼德拉一起获得了诺贝尔和平奖。

就是能在不迷恋效率的情况下,把活动举办得无比高效——事实上,我们把一项活动变成了自身富有点小乐趣的喜剧。

和你在彼得拉桑塔分手以后,我就去了热那亚①。随后,我原打算轻轻松松乘坐火车去图卢兹②。但上帝之手挡住了我的去路,洪水暴发淹没了塔恩河谷。火车停运了,我就只能查询从尼斯飞回的航班了。

回到阿德莱德之后,我与这儿的生活有了八个小时的时差,在这寒冷阴沉的气候中,真感到调整生物钟之难啊。所以我现在是晚上精神,白天睡觉。这样做有一个额外的好处,那就是我能观看世界杯足球赛的直播了。

我一向都称不上是这项完美运动的忠实球迷,连我在南非的所见所闻也丝毫未能改变我的看法。真没有哪项运动会像足球,让运动员费那么多时间相互犯规,一般都是在裁判背后犯规。运动员再小的欺骗性动作也会被摄像机镜头的全视之眼捕捉到,并会迅速通过电视屏幕传播到世界各地,但这对他们来说毫无影响。真是无耻横行啊。

一切顺利!

约翰

---

① 意大利西北部港口城市。
② 法国南部城市。

2010 年 7 月 5 日

亲爱的约翰：

我刚刚在楼下的传真机里发现了你的来信，非常感谢。我正准备让西丽发封只有两个词的邮件——"传真机已好"——但显然你已经知道了。

是的，能在意大利见到你真有一种无尽的快乐。卢卡①之旅，美食，畅谈，都让人难忘。当然，时间是太过短暂了，但毫无疑问聊胜于无啊。我们在不远的将来还会见面的，但恐怕最早也要到 2011 年秋天你去多伦多的时候了吧。你（和多萝西一起吗？）可以随后到纽约来找我们——或者，如果那不可行，也许西丽和我可以到加拿大去看望你，反正那里也不是很远，至少与澳大利亚相比不算太远啊。

像你一样，因为时差还没倒过来，我也开始看世界杯了。在美国，世界杯的比赛都是在清晨或者午后开始转播的，因为我从欧洲回来之后每天都起得特别早，所以很快就

---

① 意大利北部城市。

养成了打开电视看比赛的习惯。我是个狂热的体育迷,兴趣也在与日俱增。你可能在小时候踢过足球,而我从未踢过,所以我对足球的了解比起你来要肤浅得多了。你认为犯规和假摔愚蠢而丢人,我深表赞同,这也与我从小到大所理解的"优秀运动员"应该具备坚忍和坦诚的态度相背离。但是,即使这项完美的运动并不总是那么完美,它也还是给大家带来了愉悦:美国队虽技术平平,但一次又一次在落后不利的条件下奋起直追起死回生的那份勇敢顽强,荷兰队在打败巴西队时的那份镇定自如,还有德国队那惊人的速度与精确的射门,全都可圈可点。我是荷兰队的支持者,他们在过去的世界杯中总是光彩夺目却功亏一篑,但我还是有点担心德国队对他们来说过于强大。(当你收到这封信时,我们就会知道我的预测是否准确了。)

然而,这项赛事让我感到迷惑不解的是时间的角色。比赛开始后就不再中断了,球员可以磨蹭,拖延时间,每次进球之后集体搂抱在一起两分钟之久;还有,在每半场的最后,裁判还有权补点时间。在那些计时的赛事中,我最熟悉的是篮球和美式橄榄球——"时钟管理"是这些赛事中最基本的部分。每次球出界,时钟就停。一支篮球队必须在二十四秒内投篮,而一支美式橄榄球队则必须在四十五秒之内发起新一轮的进攻。这些规则我都认为有道理。但是,在英式足球中,某种昏昏欲睡或是松松垮垮的状态似乎削弱了时间的重要性——这有些自相矛盾,因为这是一项由时钟掌控的赛事啊。我说得有道理吗?

* * *

我很怀疑自己是否比你更懂或是更了解以色列,因为我只去过那里两次。你在信中拿以色列与南非种族隔离时代后期进行对比,这引人入胜、引人注目、给人希望,但是……我还不敢确定。从本质上看,南非的局势是内政问题:一个种族歧视的政府在压迫其绝大部分的公民。但南非并没有受到过来自其他国家的威胁,而这恰恰是以色列所面临的令人悲哀的问题。虽然我很鄙视以色列政府,它的立场顽固不化,对时局的判断常常失误,而且手段冷酷残忍,但确信无疑的是,它所受到的威胁也是真切的。在最近几年里,以色列人采取了许多积极措施,其中之一——从加沙地带的犹太人定居点撤离——就导致了众多的灾难性后果。比如哈马斯当选领导人,向以色列边境发射了成千上万的火箭弹,军事封锁等等——仅举几例吧。你盼望着以色列军队说不定会有与政府反目的那一天。也许有可能吧,但在我看来这几无可能。原因很简单,政府只需要指出来自以色列邻国的持续不断的威胁——无论是真实的还是想象出来的——就能掌握住军队。

我有时候在想,打破目前僵局的最好办法是一国之解决方案。放弃犹太复国主义的主张,宣布约旦河西岸和加沙为以色列的一部分,再给予所有的阿拉伯人以平等的公民权利。但我很快就告诉我自己,这个方案永远行不通。

如此一来,以色列会变成另一个比利时,一个腥风血雨、充满仇恨的比利时。

* * *

6月初,在我们去欧洲的前几天,美国小说家乔纳森·弗兰岑在《纽约时报书评》上发表了一篇纪念克里斯蒂娜·斯特德①的小说《爱孩子的人》出版七十周年的文章。确实是很不错的一篇文章;总体上看思想敏锐、内容丰富,但这篇文章的开头让我颇为费解:

鉴于很多原因,你们都不应该在今年夏天去读《爱孩子的人》。一方面,它是一本小说;在过去的一两年或者两三年里,我们不是都默认了小说属于报纸时代的产物、会重蹈报纸的道路,只是更快而已吗?正如我的一位做英语教授的老朋友所说,小说是一种非常奇特的道德案例,我们会因为没有多读小说而感到愧疚,也会因为做了一些像读小说一样无聊的事情而感到愧疚;如果世界上少一件让我们感到愧疚的事情,我们是不是会过得更舒适一些呢?

弗兰岑在这边已取得极大的成功——无论在批评界还是商业角度。他有生以来都在写小说,据此,我可以推测,他对阅读小说一事应该深信不疑。既然如此,那他为什么要说出这样的话攻击……他自己呢?毕竟这篇文章是写给

---

① 克里斯蒂娜·斯特德(1902—1983),澳大利亚作家。

一家专论图书的周刊的,这意味着,任何一位有心阅读这篇文章的必然是对书感兴趣的人,也就必然是一个喜欢读书的人,不管是非虚构类作品还是小说——但弗兰岑却在告诉他们不要再沉迷于小说了。对此,我百思不得其解。

* * *

现在,西丽八十七岁高龄的母亲跟我们住在一起,后天我们会带她一起去挪威参加一个家庭聚会。一想到又要坐飞机我就害怕,但我们不能不去啊。这很有可能是西丽的母亲最后一次返乡之旅了,也是使命的召唤。我们 15 日回来,此后我计划整个夏天都把自己关在屋子里,一直脚踏实地。

在这华氏 98 度①的日子里,向您致以大汗淋漓的问候!

保罗

---

① 36.7 摄氏度。

2010 年 7 月 19 日

亲爱的保罗：

世界杯（足球赛）开战以来，我一直在琢磨一个问题：像你我这样——你不再像从前那样年轻，而我也确实上了年纪——为什么还要花费那么长的时间去观看一项我们再也玩不动的项目呢。

我觉得，答案是：从这项组织有序的赛事中，在这个无数人为之痴迷的精彩表演中，我们两个都看到了我们这样年纪的人所处时代的一个重要的社会现象。我们关注它，或许还支持它——不仅支持体育项目本身，同时还支持间接地参与其中者。

所以，我们认为，运动是一件美好的事情。但为什么呢？因为适合男子的体育运动自然不会让一个人变得更好——许多例子表明，某些人在体育上技术超人，但在做人方面却并不出色。然而，体育运动中或许还有一个很大的秘密未被揭开。还记得不久之前我在信中提到过的，如果巴勒斯坦人学会咽下失败的苦果，这未必不是一件好事，我很愿意在此补充说明长期以来我对比赛失利的看法。

想想职业的网球赛吧。一届锦标赛不过三十二人参加。第一轮会淘汰一半的选手,这些人没有尝到任何胜利的甜头就回家了。在剩下的十六个人中,又会有八个人在尝到一场胜利的滋味后回家,接着就是失败和走人。站在人性的角度上说,锦标赛的主要经历就是体验这种挫败感。

或许就以拳击为例。一位拳手取得三十二场胜利三场失败的成绩,才能成功地走向凯撒宫①。但是被他打败的那三十二个人呢,他们永远也没有机会去凯撒宫或者其他令人向往的赛场了。还有那些没有赢过一场比赛的人呢?那些失败专业户呢?他们所以挤进拳击赛场,难道只是为了说明没有输家就没有赢家吗?

在体育运动中,有赢家就会有输家;没人费神指出的是(难道是太明显了?)输家总比赢家要多得多。在环法自行车赛中——我写这封信的时候这项比赛正在进行当中——开始的时候大约有两百多名选手参赛,但是,他们之中最终只有一个赢家,其余一百九十九人全都是非赢家,换句话说,不管他们如何安慰自己,他们就是失败者。

体育运动教会我们更多的是输而非赢,很简单,就是因为我们当中有太多的人赢不了。但最重要的是它教会了我们一个道理——失败了也没关系。失败并不是世界上最可怕的事情,因为体育运动不像战争那样,失败者并不会被胜利者割断喉咙。

试想一下一个颇为有趣的画面:有个小男孩是在虚拟

---

① 一般指美国拉斯维加斯凯撒宫酒店,是举办拳击比赛的场所。

的体育比赛环境中成长起来的,在比赛中无论是大人还是大孩子一直都让他赢得所有的比赛,也就逐渐让他有了一种自己就是小皇帝的感觉。等他长大了,到了真正的比赛中,只要你击不到球你就得退场,你必须把球拍给比你强的人,然后很不光彩地退场。这对这个小孩来说,必定是一个很大的打击。他想放声痛哭,想使小性子,想用尽所有在父母那里起作用的小花招。他想让现实屈服于他的自我意识。但这显然不可能。这时不仅要对他说:"别再哭鼻子了,孩子!"同时还要说,"别再哭鼻子了,孩子——你还有机会呢。"

因为这就是体育比赛教会人们的哲理。很多时候你都会输,但只要你还留在比赛中,还没有出局,你就总会有明天,总会有新的机会挽回。

在这样一所失败的大学校中,除非你拒绝接受你已经失败的事实,除非你拒绝接受裁判的判决结果,然后隐退并与世隔绝,否则你不会因此而退学。

我希望能看到在以色列和巴勒斯坦之间每月举行一次足球比赛,请一位中立的裁判。然后,巴勒斯坦人就会明白这个道理:即使他们输了,也不会一无所有(因为下个月还会有另一场比赛)。而以色列人也会明白:他们也可以输给巴勒斯坦人,但输了又怎样呢?

感谢你(7月5日)的来信。信中有一处标记着南非的历史("南非并没有受到过来自其他国家的威胁")。在1980年代,南非陆军和空军在安哥拉与古巴军队进行了一场大战,而且战败了,至少遭受了他们无法承受的创伤。这不仅仅是因为南非在数量上无法与对方抗衡：古巴动用了苏联的战斗机，无论从战略上还是战术上，都压过了南非的法国幻影式战斗机。南非的将军们回国后质问政治家们："形势已经对我们很不利了，"他们说，"你们必须要想点办法了。"

有数千（也可能上万？）古巴人葬身于非洲大地。在古巴人看来，他们对安哥拉的兄弟般的远征算得上是他们历史上最辉煌的时刻之一。

在信中，你引用了乔纳森·弗兰岑最近所写的书评中的第一段话，而这段话实际上出自他的一位教授朋友。恐怕他的这位朋友（还是一位英语教授呢！）所表达的观点实在是太典型了。总的来说，文学教授总是赶不上最新出版的诗歌和小说，也不认为那是他们的研究领域。如果你想遇到阅读新小说的人，你必须到图书俱乐部和读书会去，而那里的大部分人都是能让自己的文科学位发挥作用的女性读者。但这些很像是废话啊。

至于弗兰岑的个人立场——你所节选的词句对我来说有多重的讽刺意味——我怀疑自己比你更同情他一些。面临是读一本平淡无奇的小说还是在花园里扫落叶的选择时，我想我会选择扫落叶。在消费类小说中，我得不到太多的乐趣；而——最重要的是——我认为，社会中正风靡着这样一种观点——漠视小说阅读也是一种消遣方式。说自己根本就不看小说，成了一件相当令人尊敬的事，至少在男人们中间是这样。我是专业作家，自然会带着专业的利害关系来看待问题，所以我不能把我自己当作衡量的标准。但我必须说:对那些不去尝试(尤其在艺术手法上)以前未曾尝试过的因素的小说,我总是缺乏耐心。

祝您万事如意!

约翰

2010 年 7 月 21 日

亲爱的约翰：

　　正如你信中所写的那样，这么多年来我一直喜欢棒球，其中一个原因就是棒球教会了我这样一个道理：失利是常态，失败不可避免。今天早晨我扫了一眼报纸上的积分榜，发现排名最好的球队在这一赛季赢得了五十八场比赛，输掉了三十四场——估算一下也就是百分之六十三的胜率，这就意味着在三十支球队中最强大的这支球队，在百分之三十七的时间里，是带着挫败感回家的。

　　棒球的赛季非常长——一共有一百六十二场比赛——每个队都要在长达六个月的时间里经历起起伏伏：时而受挫，时而飞奔，时而受伤，时而痛苦地落后，因最后一刻的比分逆转，取得了关键场次的胜利。这与拳击比赛不同——其规则常常是"不战则亡"——而棒球的规则却是战也得亡，而且即使你真的战死了，第二天你还得从棺材里爬出来竭尽全力地发挥你最好的水平。正因为如此，沉着稳重在棒球比赛中是一种备受推崇的品质。失败了置之度外，胜利了丢在身后，不会过分得意。众所周知，棒球反映了生活——它教会人们如何去对待顺境与逆境。而大部分的体育运动则反映的是战争。

今年夏天,体坛发生了很多稀奇古怪的事情。网球史上时间最长的一盘比赛诞生了;世界杯赛场上裁判的误判千奇百怪,南非某赛跑选手正式重返女性行列,名字我现在忘了。最引人注目的还是几个月前,美国棒球职业联赛的一场比赛中发生了一件事——这件事与其说与比赛本身有关,倒不如说关乎人性的美德。据我大致的估算,在过去的一百二十年间,举办过大约二十五万场棒球比赛。而在这一时期,由投手完成的"完美比赛"不过二十场。所谓"完美比赛",是指某队的投手从比赛开始到结束,先后要面对对方连续二十七个击球手,每三人一局,一共九局,不让任何人打出安打而完封对手。而一位来自底特律的年轻投手贾拉拉加(非常年轻,不过二十出头,刚刚出道,我还从未听说过他),就要成名了。他连续解决了前二十六个击球手,而当第二十七个击球手又被击出一垒位置时,很显然,成功的大门已经打开,而贾拉拉加也已经跨过了门槛。那个击球手显然已经出局了(毫无疑问,从回放的慢镜头看,无论从什么角度,无论从哪个方位,都足以证明这一点),但是一垒裁判——一个叫作吉姆·乔伊斯(詹姆斯·乔伊斯!)的家伙却给误判了,说击球手仍安全。这真是一个弥天大错,也许堪称体育史上最糟糕的误判。然而,接下来却出现了动人的一幕:在贾拉拉加明知自己的完美比赛被人不公地从身边偷走的那一刻,这位年轻人脸上露出了笑容。他的笑不是那种嘲弄或者蔑视的笑,他的笑甚至不带一丝讽刺的意味,而是一种非常真诚的微笑,透露出他的智慧和坦然接受——仿佛他在说:"当然。这就是生活,你还能期待什么呢?"我从来没有见过这样的笑容。其他任何一个人,在这种情形下必然会勃然大怒,上前抗议,高呼裁判之不公。但这个小伙子却没有这么做。他泰然处之,没有丝毫的怨气(比赛还要继续进行),他接着击退了第二十八个击球手——虽然这一球并不得分,但他圆满地打完了比赛,而且这场比赛比之前任何一场都要完美。

后来,当吉姆·乔伊斯看回放时,他羞愧难当地说:"是我剥夺了这个孩子的完美比赛。"他公开向贾拉拉加致歉——而贾拉拉加很宽厚地接受了他的道歉,他说每个人都可能会犯错误,所以他毫无怨恨。

* * *

请原谅,我忘了安哥拉了。真的是太笨了。虽说如此,但你是否认同我的观点呢?——种族隔离是南非的内部政策,国际制裁姗姗来迟,到很晚才介入,而在此前的几十年间,全世界不过大都在隔岸观火罢了。

我不知道你是否还记得这件事,但它在我的头脑中挥之不去,至今想起来都会让我愤怒不已:在七八十年代的某个时候,美国国会向南非政府发布了一则象征性的公告,要求他们放纳尔逊·曼德拉出狱。这项提案几乎是全票通过。但投反对票的两三个人中,就有迪克·切尼。

* * *

　　至于说到读小说,我认为小说家自己应该不参与讨论。你不能一边阅读别人的小说,一边创作自己的作品。而我们去读小说时,不用说,我们不想读平庸之作。当然了,扫落叶是个不错的选择(可我却非常讨厌扫落叶),但当我们读到那些真正的优秀之作时,那种兴奋之情总是难以忘怀。然后呢——唉,总是然后——我们年轻时读小说的那种激情澎湃怎会忘记?那时,小说仿佛就是我们赖以生存的动力。

　　我意识到,弗兰岑想在开篇显得幽默——或富有讽刺意味——或引人深思,只不过这个笑话对我没有奏效。在当今的美国,人们越来越鄙视一切与艺术或知识追求有关的东西,这种思潮不仅泛滥成灾且在右翼、平民主义的思想中根深蒂固,所以,我看到弗兰岑重提这些陈词滥调的时候就感到心痛。毕竟,这就是今日美国:一方面,像乔治·W. 布什这样财富与特权阶层的后代,能够佯装成"好人"——去它的——另一方面,像奥巴马这样出身贫寒的人,因为出版了很多著作,在哥伦比亚大学和哈佛大学表现出色,还做过法学教授,也可以被看成"精英"人士。

*　*　*

我们已经从挪威回来了,我真应该把它称为一块"没有烦恼的净土"。风景如画,美得超凡脱俗——简直让人以为这里不属于地球,而我们仿佛落在了别的星球上。西丽的母亲在六周之前走过一次鬼门关,但经过一个医生的误打误撞居然把她给彻底治好了。所以,这次家庭团聚她就成了女王(聚会总共有四十九人,各个年龄段的人都有)。西丽的母亲是她那代人当中最后一个健在者,因此就成了女家长,但她一直很安静、很谦卑,她的子女、她的侄子侄女、她的子女的子女都很爱她,大家其乐融融。能看到这样的场景,真是美妙无比!

*　*　*

有一天,菲利普·罗斯写信告诉我说:"你应该知道,意大利的媒体报道了,德贝内代蒂说,他打算出一本有关他捏造采访的书,该书由我作序。"

显然,故事还在继续。

致以最美好的祝愿!

保罗

2010 年 7 月 29 日

亲爱的保罗:

今天早晨,我读完了菲利普·罗斯的《鬼魂退场》,晚上我还观看了弗朗索瓦·欧容①的电影《时光驻留》。两者共同的主题:癌症。《鬼魂退场》的主人公是一个年逾七旬的老人,他在切除了前列腺身体虚弱的情形下,依然死心塌地地爱上了一个年轻女子。电影说的是一个相当空虚而又自私自利的年轻男子得知自己身患晚期癌症后的故事,他在最后的日子里,逐渐变成了一个我们所谓的好人。所以,一部是关于癌症的喜剧,带有罗斯式犀利多变的风格,而另一部则是一曲非常动人的挽歌。

我并不认为《鬼魂退场》有何特别值得关注之处,算不上罗斯经典作品中的一部。我知道罗斯喜欢挑战,总要从普通的情景中挤压出新鲜感,但是这样做的唯一好处,不过是让人看到了一个年迈的男性为了最后一次证明自己的男子气概在做垂死挣扎罢了。

---

① 弗朗索瓦·欧容(1967—),法国电影导演、编剧。

欧容的电影却恰恰相反。你看过他的这部作品吗？这部电影非常完美地捕捉到了垂死之人的孤独，以及那些交织在一起的他人的同情、冷漠、焦虑等复杂情绪。电影很巧妙地采用了一个小小的插曲，到别人手里可能就会显得怪诞了：在咖啡店里，一个女服务员来到那个年轻男子身边，称赞他长得英俊潇洒，然后主动提出希望男子能让她怀孕，因为她的丈夫没有生育能力，已同意这一提议。她甚至提出了要付费。起初，这个年轻男子很生气，但最后他往好的方面想了想：这样他就能在自己死后留下点什么了。

欧容对这一插曲的处理有一种契诃夫式的感觉：令人同情但又冷静而头脑清醒。在告别的时候，那对夫妇忧心忡忡地问这个年轻人：你确定自己是（要死于）罹患癌症而不是艾滋病？年轻人显然希望有一天能与他们重逢；这对夫妇却没有这样的想法。

我想你应该读过《鬼魂退场》，所以你知道这本书有点像大杂烩。书中有很多地方是对所谓的文化新闻主义潮流的毫无来由的猛烈抨击，且都是借罗斯笔下的人物朗诺夫之口说出来的。作为一个非纽约人，我对这种猛烈抨击自然不会像纽约人那样感同身受。但是，朗诺夫（罗斯自己也如此？）显然非常鄙视被视为你们（也包括我们）的文化机构中的批评的说教与简化传记的结合体。（我所谓的"简化传记"是指作家把小说当成了一种变相的自我推销形式：批评家的任务就是要去伪并揭开其背后的"真相"。）《鬼魂退场》中的反面角色就是这种批评家。他威胁要揭露朗诺夫小说中的一个片段，就是一段隐瞒了的他与姐姐的乱伦史(或者是一段被遮蔽的历史——无人知晓罢了)。

我很能理解为什么像罗斯这样一位在文学界声名显赫的人物会对这种形式的文学批评有强烈感受,其实他非常清楚自己越是严词谴责,就会有越多的克里曼(这样的反派批评家)蠢蠢欲动(他到底要掩藏什么呢?)。我敢肯定,你和罗斯畅游在同一领域,与他相比稍稍不那么惹眼,但对这样的主题一定会有你自己的看法,这我能猜到。于我而言,我更愿意这样去思考问题:作为生活在这个已知世界极为边缘的人,我希望自己能够逃离克里曼们的视野,但我有可能是在自欺欺人。

祝好!

约翰

又及:

我不想没完没了地继续讨论南非的历史,但还想多说一句。若没有冷战,南非整个国家的混乱早就得以解决了。在苏联入侵矿产丰富的撒哈拉南部非洲地区的数十年中,一届又一届的美国政府是听之任之,而南非政权则一直是抵御外来入侵的堡垒。南非非洲人国民大会陷入南非共产党之手也没有带来任何益处。

冷战期间,美国政府为了实现战略目标,在全球范围内扶持了众多的寡头政治和独裁政权,旧的南非政权只不过是这些鼠窝蚁穴中的一个罢了。在苏联解体、柏林墙倒塌的同一年,德克勒克解除了对非国大的禁令,这显然绝非巧合。

2010年7月29日

亲爱的约翰:

唉,我既没读过《鬼魂退场》,也没看过《时光驻留》。近年来倒是读过罗斯的几部小说(不过与他的高产相比就只能算是寥寥无几了),也看过两三部欧容的电影——其中,《游泳池》给我留下的印象最深刻。

我与罗斯是畅游在同一领域吗?我可不敢肯定。我们有过几次不期而遇,有两次是和唐·德里罗①(我的一位相识多年的密友)三人共餐的,也有过信件往来。换句话说,他是一位老相识,但还称不上是朋友。我想,他对我最感兴趣的一点是,我们俩都出生在纽瓦克②。然而,和他相比,我在纽约不只是"稍稍不那么惹眼"——而是大大的不惹眼,甚至可以说鲜为人知。罗斯是位被神化了的人物,从他出版第一本书起,迄今所有作品都广受赞誉,而我还是个在苦苦挣扎的凡夫俗子,所写过的作品大都不受人待见,这种

---

① 唐·德里罗(1936—),美国作家,美国全国图书奖获得者。
② 纽瓦克,美国新泽西州的第一大港口城市,属于纽约都市区的一部分。

情形多得我真想忘了。正因如此,我往往远离人群、聚会和公共活动,宁愿隐居在自己布鲁克林的小花园中。而与我不同,罗斯五十多年来一直是位文坛巨人——对任何作家来说,这都是一段无与伦比的长跑,毫无疑问,这也是美国历史上最长的长跑了。有一个证据足以证明他声誉卓著:在"美国文库"①所出版作品的作家中,他是唯一一位健在的小说家。

由于没读过《鬼魂退场》,我还无法对朗诺夫大肆攻击当代文化新闻主义做出评论,但通过你对此所做的描述,我认为是准确无误的。美国人似乎已经严重背离了小说的本质——也就是说,已经丧失了理解想象力的能力——因此,他们很难相信小说家是可以"虚构事件"的。所有的小说都沦为隐性的自传,成了纪实小说。不必详述这种观点多么苍白无力——也不必说明到了那些恶毒记者的手中那会变得多么丑陋。

昨晚你的传真到达的时候,我正在观看比赛呢。我喜欢的球队(纽约大都会棒球队)真是运气不佳,又一次在附加局中惨遭失利。因为我们最近经常谈论体育,而你的来信也讨论了一本小说和一部电影,所以,当我看到今天早上《纽约时报》的两篇文章时就立刻被吸引住了。

先说说《电子书超越了纯文本》吧。当然,每个人对电子书都有自己的看法。它是当今出版业最热门的话题,毫

---

① 1979年创建的"美国文库"(Library of America),是主要出版经典的美国文学作品的出版社。迄今为止,这一"文库"已经出版了两百多卷美国文学经典之作,被学界普遍视为美国经典作品的权威版本。

无疑问,我们都在见证着一场变革,时间每增加一秒,这场变革的分量似乎就会增加一分。尽管我属于"技术恐惧者",但是我对 Kindle、Nook 和 iPad 既未感受到威胁,也无敌意。一切对阅读有利的东西都应视为好东西,而这些设备对于那些旅行中的文学读者来说真是一个好东西。人们再也不用拖着装了三十本书的手提箱了,只要把这三十本书下载到一个轻便的、精巧的电子装置里,就可以自由地穿梭于不同的地方了。

另一方面,我也确实有一些担心。(顺便说一下,这种担心在电子产品对音乐行业所带来的破坏性中可见一斑。我多么怀念在唱片店里的淘宝时光呀!)亚马逊已经垄断了图书市场,它以超低价销售图书,事实上每销售一本图书都会有亏损,但它这么做的目的是要诱使公众去购买电子阅读器。人们可以预见长此以往的可怕后果:出版社破产,书店消失,到未来,作者摇身一变就成了自己的出版商。正如贾森·爱泼斯坦①几个月前在《纽约评论》上的一篇文章中所指出的那样,继续出版传统的纸质书籍,维护图书馆的存在,这对我们来说尤为重要,因为它们是人类文明的基石。如果所有的一切都变成了电子的,那就设想一下随之而来的危害吧。文本被删,文本消失,或是更骇人的,文本被篡改了。

好吧,这只是我的个人观点。我现在最关心的是今天

---

① 贾森·爱泼斯坦(1928—),美国出版商和编辑,曾在兰登书屋工作四十年。

早报上的那篇文章以及我为什么会对读过的文章产生两种截然不同的观点。这种分歧恰好就出在"虚构"和"非虚构"这两个术语之间。几个月来,我一直在对我终于开始写作的小说做前期研究工作,研究的部分内容与20世纪50年代的早期美国有关。因此,我阅读了一本又一本与朝鲜战争、"红色恐慌"、脊髓灰质炎疫情和氢弹等等有关的书籍,也一直在看纪录片,这对我很有帮助。在今天的这篇文章里,我偶然看到了"强化了的"《尼克松国度》①这样一个描述,我当时就被它吸引住了。我认为,将书面文本与影视片段巧妙地结合在一本历史书中,这想法可真是太棒了。而对这么棒的想法,我实在是挑不出任何毛病了。

但是,我突然发现自己对小说有些抵触情绪了。人们提到的书都是在市面上广泛流行的惊险小说,可它们毕竟也是小说啊,而人们一提到要从根据这些小说改编而成的电视连续剧里摘取点片花我就心生厌恶。问题是为什么会这样呢?这跟我之前提到过的人们失去了想象力的现象有关吗?难道小说本身真的那么让人难以理解,不通过肉眼看到画面就不能充分感受它吗?可是,阅读本身不就是一件自觉观察事物、在自己的脑海中构想画面的艺术吗?阅读之美不就全在于那份宁静之美吗?——当你沉浸在故事之中时,仿佛身边的一切都销声匿迹了,唯有作者的声音在你内心深处产生着共鸣。

---

① 《尼克松国度》,指2008年出版的历史著作《尼克松国度:一位总统的崛起与美国的分裂》,作者为美国历史学家、记者里克·珀尔斯坦(1969—　)。

也许我已经变成一位乏味的老人了吧。经典小说的评论版本里会加上一些离题的片段,不同的结尾,甚至会加上一些图片。既然如此,为什么不能拍成电影呢?我也不知道,但我内心的某种东西很排斥我会采用这样的方式去阅读《耻》,比如说,读到第4章第2页的时候,中途转而去点击观看根据这部小说改编的电影。我很想知道你是否赞同我的观点。

对于《你是怎样挤进体育馆的?》这篇文章,我也同样感到很困惑。毫无疑问,与在现场观看比赛相比,在电视机前"观看"比赛会看得更清楚。但是,正如一位亲临现场观看的六十三岁老球迷所说:"我就想要那种气氛,想看看运动员本人并感受一下人潮涌动。我愿意把这种比赛的感觉带回家,而不是在家观看比赛。"一位三十二岁的球迷对此有不同意见(也不无道理),而我也不能肯定把现场经历转换成一段录像就是一个好办法。特别是考虑到成本如此巨大。"体育场技术设备"的耗费要一亿美元之巨,这能不让人瞠目结舌吗?还不要提购买一张"私人座位许可证"要支付高达两万美元的费用了——这还仅仅是拥有了购买入场券的权利。我并不是在怀念过去的时光,但我清楚地记得,1961年我和一群朋友(那时我们才十四岁)一起去扬基体育场观看纽约巨人队和克利夫兰布朗队的比赛时,只花了五十美分就买到了一张露天的座位票。正如我们一直说的那样,如今的体育就是一笔大生意,一个超级行业,一个庞然大物,可世界上的大多数人似乎非常享受被这条大鲸鱼吞噬的感觉。

说到南非和她在冷战中所处的地位,你的分析自然百分之百正确。我在你面前说这话纯属多余。

纽约持续高温——是有史以来最热的 7 月。上周我在给你的信中说气温是华氏 98 度,但我错了,应该是华氏 106 度。

致以最诚挚的祝愿!

保罗

2010年8月18日

亲爱的保罗：

最近，我从南非的一所大学收到了一本校友杂志，其中有一篇文章介绍了这所大学新落成的图书馆。文中提到了图书馆里的计算机房、研习隔间、研讨班教室、工作室等等，诸如此类数不胜数。读完这篇文章后，我又读了一遍，就是想确认一下。没错，文章从头到尾，"书"这个字眼一次都没出现过。

很显然，建筑师在设计图书馆的时候一定是咨询了图书管理员的意见，而那一定是新一代的图书管理员，他们看不起书，把书看成是过时的东西，他们梦想着一个无纸图书馆。

这些人与书有何冤仇呢？为什么他们不能像我一样，把图书馆看成排满光线昏暗的书架的一片又一片区域，上面密密麻麻地摆满了一排又一排通向各个未知领域的书籍呢？

关于博尔赫斯图书馆①的争论实在是太乏味了，根本

---

① 博尔赫斯曾长期担任阿根廷国家图书馆馆长，在他看来，图书馆是一座迷宫，是一个宇宙，是心灵的产物。人的肉体会消失，但图书馆会永久存在。

不值得再提——在这个经济学被推崇至学科的皇后地位的时代,确实太沉闷、太纠结了。人们说书籍占据了太多的空间。真还没有办法去讨论保存一本实体书(占据了二十厘米长、十五厘米宽、三厘米高的宝贵空间)的合法性,而且它可能摆放在书架上数十年甚至数百年都无人问津呢。假如我们可以把逝去的亲人埋葬于洞穴之中,或是把他们火化,那把这些死书都扔了还能算是大逆不道吗?

把书都扔了吧,把它们都换成书的图像或是电子图像。把死书都扔了,都换成图片吧。

一想到图书馆的未来我就心灰意冷。我相信很多人都会有这种感觉。但是,把伤感放在一边,这样的心灰意冷有何正当的理由呢?在充满阴影的世界中追求真实吗?不管从哪个重要的意义上讲,书都不是真实的。书页上的文字都是符号,是声音的意象,亦即思想的反映。我们通常所说的书——可以捧在手上,有着书香和质感的书——碰巧是其产品,跟书所要传达的内容没有任何关联。

十六岁那年,我有了点钱可花,就买了十来本书,这就成了我个人图书馆的基础。这些书中有牛津大学出版社出版的艾尔默·莫德①翻译的《战争与和平》,书的开本不大,却是一本厚厚的大部头,是用薄薄的印度纸②印刷的。(我当初之所以买《战争与和平》,就是因为《时代》周刊把它评

---

① 艾尔默·莫德(1858—1938),以翻译托尔斯泰的作品而闻名的翻译家,并被托尔斯泰本人授权撰写他的传记。
② 印度纸又名圣经纸,它的使用大概始于1875年,纸张以超薄、不透明的象牙白而闻名。

为迄今为止写得最好的小说。)

艾尔默·莫德翻译的《战争与和平》伴我度过了半个世纪,陪着我从一个大陆漂泊到另一个大陆,封皮还是最初的褐红色和奶油色。我和这本书的感情很深很深——不是和托尔斯泰卷帙浩繁的《战争与和平》而是和这本书本身有关。这本书于1952年由理查德·克莱父子印刷厂印制而成,之后被运到位于伦敦某地的牛津大学出版社的库房里,接着被派送到好望角的出版经销商手里,再辗转到朱塔的书店,最后才到了我的手里。

在未来,读者和作者之间的这种关系——极其贫乏和迂回曲折,可能要通过十几道的中介才能得以实现——只会越来越不现实。这种关系是否还有价值,我以为这个问题可以仁者见仁,正如对于拥有纸质书与下载文本哪一个更可取的问题一样,大家可以智者见智。

我在这里所表达的质疑与沮丧,与你在最近的一封信中所提到的对体育被电视重塑(重新包装)所表达的质疑和沮丧不无关联。但在媒体与球迷(即媒体想从比赛中获得什么与实际到赛场的球迷想获得什么)之间仍然存在着利益的交汇处——一方面,球迷想要得到的是他们天真地称作真实的东西,而不是一个动态的画面,而另一方面,媒体则痛恨空空荡荡的赛场,因为空无一人的赛场对于观赛来说无异于死咒——但这并不意味着那些拥有这些赛事的商业集团真的在意这些球迷,他们关心的只是消费者而已。如果他们能用全息图像填满所有座位的话,我猜想他们一定会这么做的。

你心灰意冷,我也心灰意冷:我们两位年迈的绅士为当今世界的潮流悲天悯人。怎样才能避开变成老爷爷一般的可笑命运呢？这种老爷爷就像个老怪物,一旦他打开"要说我们那个年代啊"的话匣子后,孩子们就只能转动着眼珠,沉浸在寂静的绝望之中了。我父亲说过,我父亲的父亲说过,就这样一直可以追溯到亚当,他们都曾说过:这个世界正乘着手提篮子下地狱①,在迅速地恶化呢。如果这些年来世界真的在走向地狱,那么此时此刻不应该早到了吗？可我环顾四周,所见所闻对我来说并非世界末日。

但是,除了抱怨之外,我们还能做些什么呢？难道要大家都闭上嘴巴甘受凌辱吗？

您永远的,

约翰

---

① 这里,"乘着手提篮子下地狱"的原文是:going to hell in a handbasket,意思是"完全、迅速地恶化或毁灭"。有关这一说法的起源,现在考据不足。英国著名语言学家埃里克·帕特里奇在他编纂的一本字典中曾提到,这个说法可能起源于20世纪20年代初期。无独有偶,语言学家克里斯廷·安默尔也推测这条短语起源于20世纪早期,还认为它之所以流行,是因为短语中的 hell 和 handbasket 压头韵,读起来朗朗上口。安默尔女士还大胆推测说,因为手提篮子轻便易于携带,故"乘着手提篮子下地狱"形象地表达了"情况极易变糟"的意思。由此有人推测说,和普通的表达方式"going to hell"相比,"going to hell in a handbasket"(或其变体 going to hell in abucket),看上去或是听上去更为生动有趣一些。

楠塔基特岛
2010 年 8 月 21 日

亲爱的老爷爷:

我一直不清楚,庞大的世界怎么能够装进手提篮子那么小的东西里呢。更让我迷惑不解的是,我都不知道手提篮子究竟是什么。难道所有的篮子不都是手提篮子吗?如果是的话,加上手提这个前缀不是多此一举吗?也许我们应该这样说:"这个世界正乘着篮子下地狱。"但这种说法听上去更糟糕,不是吗?当我们眼睁睁看着这个世界正在堕入地狱的时候,有什么办法可以遏制住它呢?机车?汽车?纸板封套?抑或是某种小得无法看到的东西,一粒原子?

事实上,发发牢骚也很有趣,而且我觉得,对于快速走向衰老的绅士,经验老到的人间喜剧的观察者,什么都见过、什么都不会吃惊的满头灰发的老者来说,我们的责任就是要抱怨和斥责,抨击我们所居住的这个世界的虚伪、不公和愚蠢。我们说话的时候,就让年轻人去转动他们的眼珠吧,就让那些不再年轻的人对我们的话置若罔闻吧。我们必须以高度的警觉坚持下去,就像受人嘲笑的先知对着茫茫荒野大声疾呼——因为我们清楚地知道我们正在打一场必败之仗,但这并不意味着我们要放弃战斗。

您的老朋友,

保罗

2010 年 9 月 4 日

亲爱的保罗:

多萝西和我本周去法国。我们要在蒙彼利埃①与一些自行车老车友相会,然后进行一次自行车环游,这时该是一年之中的好时节,希望还不算太晚。我会断断续续上网收发电子邮件,但无法接收传真。

我在成语词典里查阅了"乘着手提篮子下地狱"的说法。它仅只给出了另外一个说法"乘着手推车下地狱",但并没有解释"手提篮子"到底是什么。并不是所有的篮子都是手篮,还有蒲式耳②篮子呢。还有更有趣的呢。在中世纪的法国,每个集镇都有自己不同的蒲式耳篮子,因此对于一蒲式耳小麦到底有多少也就有了各自的说法。你会说到一奥尔良蒲式耳,一里昂蒲式耳,这就让那些谷物交易商恼怒了。那时强化整个国家权威的主张之一,就是统一度

---

① 法国南部城市。
② "蒲式耳"是英美用来计量谷物、水果、蔬菜的容量单位,也指容量为一蒲式耳的木制或泥制容器,和我国旧时的斗大同小异。在英国等于36.368升,在美国等于35.238升。

量衡。大概这条加以必要的修改同样适用于其他国家。再多的内容就不见记载了。日期也不详。

祝好!

约翰

2010 年 9 月 6 日

亲爱的约翰：

很羡慕你的蒙彼利埃之行啊——也钦佩你有勇气再次登上飞机进行又一次超长距离飞行。一年当中的这个时节，天气最宜人了。夏天强烈的燥热已经退去，冬日的严寒离我们还很遥远。

你回来之后何不给我写封信，讲讲骑车环游的快乐和艰辛。我们在通信中谈了那么多观看体育比赛的体会，描述一下我们亲身参与的经历也许会更有裨益。

很巧，上周我一个朋友给我寄了一本小书，是一位美国体育作家在 1955 年出版的《看台上的一天》。该书详细讲述了 1954 年世界职业棒球赛纽约巨人队对阵克利夫兰印第安人队的第一场比赛。比赛在当时的波罗球场进行，现在这个球场已经不复存在了。可就是在这场比赛中，威利·梅斯上演了他那个具有历史意义的接球。这是本迷人而有趣的书，我非常喜欢。作者的抱怨之一是：太多的人是带着晶体管收音机来到体育场的，当真正的比赛就在他们眼前展现的时候，他们还在用收音机收听现场的直播报导。

作者认为比赛应该是一种纯净的、无中介的人类体验,他对把科技引入体育的做法极为反感。这可是在五十六年前,可它与今天人们反对在体育场里安装巨型电视极为相似。

非常感谢你关于蒲式耳篮子的那番话。我们在美国当然也有类似的这种东西,通常很小,一个人就能提起来,但是在古代用来储存谷物的篮子,是的,那一定是相当大。我手头唯一的一本俚语词典(由埃里克·帕特里奇编的英国版)对于"篮子"(basket)这个词有好多的解释:*

1. 在18世纪,篮子!是在斗鸡场中冲着无力偿还或不愿意偿还债务的人所喊的话。这种人被悬挂在斗鸡场上方的篮子里。(查阅"斗鸡场"一词,我找到了:1.异议者的会议厅。2.财政部,枢密院。)

2. basketed:被置于冰冷、误解、困窘的境地。

3. 是"bastard"(私生子、王八蛋)一词的礼貌说法。"那个王八蛋如何如何……"

4. 对于年长妇女的不敬称呼。"愚蠢的老太太……"

5. go to the basket:被监禁。

6. basket-making:性交。

7. "grin like a basket of chips":咧嘴大笑。

8. basket of oranges:一个漂亮妞——出自澳大利亚矿工使用的俚语,指在金矿区发现了金块。

9. basket-scrambler:靠慈善过活的人。

---

* 参见《英语俚语词典》。——原文注

当然了,还有一个美国人常用的词汇"basket case"(废物)——这个词我们两个人都再熟悉不过了。

祝旅途愉快,并敬候回来后的信件。

向您和多萝西致意!

保罗

2010 年 10 月 21 日

亲爱的保罗：

多萝西和我已经从法国回来了，而我正处在调整时差、努力适应澳大利亚时间的痛苦之中。无论白天还是黑夜，睡意袭来我就赶紧睡一会儿，但大部分时间里我都在房子周围转悠，有种死亡之感。

骑车环游非常成功。天气真是宜人之极，我们一行五人相处得极为融洽，而如画的风景魅力无穷。我说的是塞文山脉①——不知你是否知道这个地区。

我想我会说不介意回去再玩一次，但是到了我这个年纪，回到任何地方、重新做任何事，开始感觉像是一种假设了。

本应该记日记的，但是我没有。我们爬了很多山，其中有几次考验了我的极限。如果你信奉斯多葛哲学的话，那么骑车爬山算得上是这一学说的一大流派了。我可不大相信所有这些努力、所有这些煎熬会让人一无所得。

---

① 位于法国南部。

在等待我回复的那一大堆信件中,有一封长信,是一位法国女子写来的。这是约十五年间她写给我的第三封信了。我从未见过她,她的每封信都有二三十页那么长,手写的草书漂亮而流畅。信的大部分内容都是关于她自己、她的孤独、她和已成年的儿子间的纠葛、她和男性之间难以和谐相处的关系,也会谈到我,那应该是她从我的书里构建出来的"我"的形象。

她很清楚,她写信对象的"你"只是一个构想,而且可能与我对自己的构想没有什么关系。她时常会觉得我会回信与她联系。她愿意把我们看作某种精神上的伴侣。但她没有幻想我们会见面,至少没有写过类似的话。

有时候她似乎在说,她所做的这一切是在为我未来的某本书提供一个人物(她自己)。换句话说,她似乎是在要求我把她写成一个女主人公,从而给她一个全新的人生。

她绝不是一个傻子。她能够和她全新的生活需求之间保持一个恰当的距离,而又不否认这种需求的合法性。但是有样东西她没有看到,我想她也不会看到,除非我告诉她,当然我不会这么做,一是因为我不想开启一种适当通信方式的闸门,二是因为这样做太残忍了——也就是说,她对于她自己、对于我、对于人生的看法,我不太感兴趣。要是她寄给我一封长信,详细描述她自己生活中最有代表性的一天,她倒更有机会成为一部书的女主人公。

关于小说家和他们灵感的来源问题,应该在此做一说明:有半数时间(绝大部分时间?)他们并无兴趣去彻底了解人物原型的独特的、个性化的本质,而只对采用一些有趣的、可用的怪癖或外貌特征感兴趣,比如:头发在她耳后卷曲的样子,她说"太棒了"这个词时的发音方式,她走路时脚趾向内弯的样子。

至于我,我必须说我更喜欢从零开始塑造人物。这样才让人感觉更加真实。

一切顺利!

约翰

2010 年 10 月 22 日

亲爱的约翰：

很高兴你平平安安地归来了——只要平安就好。骑车登山不是我喜爱的运动,而想到你一定为此遭了不少罪时,我的心都会因同情而紧张起来。我很怀疑那种痛苦会教给我什么,不过我敬佩你有胆量去挑战自己的极限并感到所有的努力都有意义。是的,我是精神上的斯多葛主义,也是情感上的斯多葛主义。但是,这种自我肉体的折磨很让我困惑不解。在我的想象中,愉快的自行车之旅应该是骑车穿越荷兰的低地或者美国中西部的平原——清风在我背后吹过。

我没去过塞文山脉——但是去过离那儿很近的地方,我也体验过那些如画风景的极致之美。我觉得,世界上少有更美的地方,或许根本就没有。爬那些难爬的山会有些痛苦,但也有快乐,在夏季过后的宜人气候中,呼吸着新鲜的空气,突然,整个冒险旅程就值了……

我也收到过读者写来的一些长信,但从来没有二三十页长,当然也没有同一个人写的三封长信。但是,人们一次又一次地写信给我,或是对我说:你应该写我的故事,或者我妈妈的故事,或者我爷爷的故事。我不知道该如何回复。写小说完全来自内心世界,而我无法想象小说家如何把一个陌生人的生活搬到自己的作品里。我赞同你的观点:从零开始塑造人物才让人感到真实。

但是,我们确实也会借助于生活,这一点毫无问题。个人的经历(通常是微观的)或者周围人的经历。在我早年写的故事中(《上锁的房间》),我甚至将一个真人作为了小说中的人物,并且就使用了他的真名来称呼他——他是我在巴黎那段日子的一个朋友,伊万·维史耐格莱德斯基,一位年逾八旬的俄罗斯四分音音乐作曲家。我写那本书时,他已经过世了,于是我把他写进自己的作品里,想以这种方式作为对他的纪念——就连我所有叙述他的事件都是基于事实的。在我即将出版的《日落公园》中,第二部分开头的场景也直接取自于生活:2008年12月31日,当时西丽和我参加了一个诗人朋友女儿的葬礼,这位朋友的女儿于那月月初在威尼斯自杀身亡。我还能举出很多其他的例子,但更为有趣的是在小说中加入历史人物。你在《彼得堡的大师》中加入了陀思妥耶夫斯基,而我在小小的范围之内,在《月宫》中加入了泰斯拉①,在《昏头先生》中加入了杰伊·迪安②。而在某些

---

① 尼古拉·泰斯拉(1856—1943),生于克罗地亚,发明家、物理学家、机械工程师,发明了交流发电机,20世纪前半期住在美国。
② 杰伊·迪安(1910—1974),美国职业棒球手,退役后成为有名的电视节目评论员。

小说中(《夏日》《玻璃之城》①),我们还把我们自己写了进去,尽管那些自我并不是作品之外的我们的准确再现。

另一方面——这里我只能谈谈我自己——我从未有过这样的先例:拿一个真人,换换名字,然后就放到小说中去。我是说一个完完整整的人,一个与塑造的人物带有相同体貌特征、相同身世、相同灵魂的人。许多小说家这样做过(也就是臭名昭著的真人真事小说),但我不是其中的一员。

不过,你的那种说法很确切,我们总是不断会窃取一些有趣的、可用的怪癖或是外貌特征,比如一个男人的眉形,某人笑声的音色,一个女人脖子上的胎记等。其余所有的一切似乎都是从想象的最深处自发地跳出来的。

关于小说创作(和小说阅读),我经常想到的另一个方面就是空间问题。作为读者,我有时会发现自己总是费劲地要给人物的动作设置一个场景,还要去了解小说的地理环境。这可能与我贫乏的视觉想象力有关。我不是把自己投射到作者所描绘的虚构的背景中(如密西西比的一个小镇、东京的一条街道、18世纪英国房子里的一间卧室),而是乐意把人物放到我自己熟悉的地方去。我本来并未对自己这个习惯感到过愧疚,直到二十出头的时候我读了《傲慢与偏见》这本书(书中几乎没有什么写实描述),才忽然发觉自己居然在儿时居住的房子里"看到了"书中的人物。

---

① 《夏日》(2009),库切的长篇小说;《玻璃之城》(1985),奥斯特的小说《纽约三部曲》其中一部。

真是一个惊人的启示。但是,如果作者在书中没有告诉你房间里有什么,你又怎么能看见呢?所以你就虚构自己的房间,或者把场景嫁接到你记忆中的一个房间中去。这就解释了为什么同一部小说的每一位读者,都与该小说的其他读者所读到的书是不同的。这是一种积极参与的过程,而每个读者的头脑都在持续地产生自己所理解的形象。

然而,当我写作的时候,这个过程似乎恰恰相反。在我的小说中,空间对我来说完全是具体的。每条街道、每栋房子、每个房间都真实地存在于我的头脑当中——即使我很少说或只字未提。我可能没提到沙发在哪儿,但我确切地知道它相对于其他家具的摆放位置。所有这一切都是基于具体事物的想象,我觉得它会让人相信——或者自欺欺人地相信——自己在写的东西是真实存在的。

我很想知道我的这些想法——作为读者和作者——是否会和你产生共鸣。

致以最良好的祝愿!

保罗

又及:

美国1970年代末有一部关于骑车的电影——《告别昨日》——极具观赏性,你大概会想看看。拍摄地的场景美妙无比(在印第安纳州的布鲁明顿),在美国电影中很少见。

再又及：

保罗·布兰科①上周在城里跟我说，他想让我们两个明年继续去当评委——评委会全部由作家组成。我喜不自胜啊。

---

① 保罗·布兰科(1950—)，葡萄牙电影制片人。

2010 年 11 月 11 日

亲爱的保罗：

你提到保罗·布兰科可能再次要我们去埃什托里尔当评委，这很好。我记得，11 月是那里一年当中最美的月份了。

我知道电影《告别昨日》——其实我本人就有这部片子。片子的结尾有些程式化的味道——工人阶级的英雄和学院派学生同台竞技——不过我也同意，故事发生的地点和社会环境真是壮丽迷人。

说到骑车爬山，和你一样，我也确实觉得其中几乎没什么乐趣可言。至于伴随着登顶而产生的成就感，我的经验是，它完全被大大高估了。究竟是什么促使人们长距离奔跑或骑车，对我来说还是个谜。然而，全世界每天都有成千上万的人在这样做。

我想把骑车和这样一个问题联系起来看，即为什么要写作？这种类比似乎有故作姿态之嫌。实际上，塞缪尔·约翰逊①说过，一个人如果不期望从自己的劳作中获取报

---

① 塞缪尔·约翰逊（1709—1784），英国作家、评论家。

酬,那无疑就是个傻子。但我总会花数小时的时间来把文章修改润色成光彩夺目的作品,质量远远超出了出版所要求的标准,而这自然也无法用稿酬来衡量。

我想我会给自己找个借口,说"我不是那种让有瑕疵的作品面世的人",就如同我会说"我不是那种下了自行车而推车行走的人"(即使没人在看也不会下车推行)。这,我觉得,才是最有趣的部分。很少有读者会去鉴赏一个段落究竟是如何恰如其分地写出来的。没有人会去关注你是否下了车在推车行走,或者就此而言,你是否放弃了,回头依靠惯性滑下了山。但那不是我,那不是我心目当中的自己!

你在信中说自己清楚地知道,在虚构的房间里那张虚构的沙发的确切位置,即使书中没人在上面坐过,甚至没有人会去看它一眼,你也一清二楚。我想我可能没那么缜密。在我的小说中,虚构事件所发生的房间是一块相当空旷之地,实际上就是个空空荡荡的立方体;只有在需要的时候(如果有人要坐上去或是要看它一眼)我才会放进去一张沙发,然后会有碗柜,有一套餐具会放在它左上角的抽屉里,没有这个碗柜,就不会有女主人公将来要给烤面包涂抹黄油所使用的黄油刀了。

我听说弗拉基米尔·纳博科夫在康奈尔大学教文学的时候,曾要求学生根据课上读过的小说所提供的基本信息来勾画出平面图来。略带纳博科夫式的论点是,小说家不应该提供内部自相矛盾的信息(某页上出现的红色地毯到了另一页变成蓝色的了)。而典型的纳博科夫式的论点则是，文本中应该提供了足够的信息可供学生勾画出平面图，也可以用图解的方式将人物的肢体动作一幕一幕地呈现出来。

我发现，典型的纳博科夫式论点和戏剧或电影创作课所公认的学识有某些相似之处，即作家应该匆匆记下每个人物完整的背景故事，只求为演员提供辅助作用，哪怕这些背景故事不会以任何形式在电影或戏剧中出现，那也要写下来。

如果这是行规的话，那我就完蛋了。因为我对自己作品中的任何一个成人角色都没有多少概念，比如说，他们有什么样的童年，就是说，不写完最后一页，我一点也不知道他们会发生什么。

自从我上次写信之后，美国就开始进行国会选举了，共和党人东山再起。我不请你解释原因，但它逐渐显现出，很像是历史（我不是单单指美国历史）上的一个有趣的时刻。

大约从1970年开始，一种相当卑鄙的观点一直得到鼓吹、支持并得以左右着地球运行的方向。这个观点就是：人类是自我利益的机器，经济活动是所有人为了物质利益的相互竞争（经济：准确地说就是"家庭事务的管理规则"）。

结果，政治生活的构成这一观念被贬低了，而且逐渐流行开来，随之引发了一个相当令人鄙视的观点，即构成政治实践活动的内容是什么。于是，那些面对社会生活中卑鄙观念而无所作为的政客，如今渐渐体会到了选民的愤怒和蔑视，确切地说，是愤怒的蔑视，选民只把他们视为只顾自身利益的机器。"信任"这个词已经完全丧失了它的价值。

如果今天的一个政客在讲台上说出,"我请你们信任我"之类的话,那他一定会被笑声轰下台的,不管他显得多么真诚。

您黑暗时代的朋友,

约翰

2010 年 11 月 12 日

亲爱的约翰：

是的,美国中期选举的结果令人遗憾——但是,在过去的两年里,右翼和极右势力对奥巴马总统和民主党倾尽浑身解数展开宣传攻势,因此出现这一结果也不足为奇。时局黑暗,是的,消息很糟糕,没错。但是我要竭力避开这种极端的消沉和沮丧,从长远的角度、用历史的眼光看问题,并且安慰自己说,长期以来我们何曾不是面对如此的局面呢。并不仅仅是在最近这些年——比如 1980 年和 1994 年右翼选举的闪电式攻击——上世纪 40 年代末 50 年代初也是如此。当时,自 1932 年就被逐出白宫的共和党人,对罗斯福、对新政、对"非美国"的左翼思想始终采取了疯狂的攻击,由此给我们带来了朝鲜战争、麦卡锡和意识形态上的歇斯底里的冷战。在此之前:第二次世界大战的恐怖和经济大萧条的痛苦。在此之前:资本与劳工之间频繁爆发可怕的争斗。我可以就这么一直追溯下去,一直追溯到合众国的建立。这是一个奇怪的钟摆运动,在两种人之间摇摆不定。一种人相信美国例外论(我们才是上帝的选民,而不是犹太人,是不是?)、自由资本主义论,抱着每个人都可以为了自身利益而损人利己的心态;另外一种人则坚信你我所说的正义社会,真诚地认为每个人都对其他人负有责任。今天,一方占优,推行一套主张;明天,另一方上台,又将其全盘否定。在这个巨大的体系中,也有某种衡量进步的标准(奴隶制的废除、社保福利、民权立法、堕胎合法化),但是相对于这个庞大而又难以驾驭的国家而言,这些进步总是显得太迟缓了。前进了三寸,又倒退两寸;进三寸,又退五寸,再进两寸,又退一寸。

然而,尽管我不愿意承认,但对西方世界来说,这还不是一个糟糕透顶的时代。也许只是一个荒谬的时代,一个令人沮丧的时代,但绝不是最糟糕的时代。女巫没有被绑到火刑架上烧死,法国的天主教徒和新教徒也没有撕裂彼此的喉咙,美国没有陷入内战,数以百万的欧洲人也没有死于泥泞的战壕或者集中营。希特勒死了,斯大林死了,佛朗哥死了。20世纪的恶魔都一去不复返了,即使有些跳梁小丑试图掌控西方,但其行为也只会招人嘲笑,我们也再不必为了要铲除暴君而感到有所畏惧。

不过也是,美国眼下是一个令人悲哀的地方。有太多的问题需要解决,可在接下来的两年里却什么也解决不了,这只会使局势雪上加霜。然后,斗争又会重新开始。与此同时,我坐在布鲁克林这儿,观看着这场盛大的愚蠢的狂欢节,它已经成为我们的公众生活。我摇头叹息,希望钟摆最终会摆向另一个方向。

你所谈到的"卑鄙的观点"恐怕早在1970年之前就有

了。我年轻时所持的观点——人们出于经济上的自我利益而投票——与之相反,我现在开始意识到许多选民的选择完全是不理智的——或者是受意识形态的影响的,尽管这种意识形态与他们的经济福利背道而驰。1984年,在里根竞选谋求连任期间,我乘坐布鲁克林的一辆出租车去某个地方。那位司机曾是布鲁克林海军造船厂的一名焊工,他所属的工会被资方搞垮之后,他就失业了。我对他说:"你为此得感谢里根啊——历史上最了不起的工会克星总统。"他答道:"也许是吧,但我还是要选他。""你到底为什么要这么做呢?"我问他。他说:"因为我不想看到那些该死的共党分子接管南美。"

这真是我所受政治教育中难以磨灭的一瞬间。我想,正是像他这样的人,在1933年把希特勒选上了台。

鉴于你那些有趣的评论——空空荡荡的立方体,纳博科夫的平面图,还有戏剧与电影中角色的"背景故事"等等——我们还是拐回来谈会儿阅读和写作吧。你谈到了作为作家的你的空间感,不过我还是迫切地想知道,当你在读长篇小说或短篇小说——或者说是童话故事——的时候,你的头脑中会"看到"什么。如果你读到下面一段话:"从前,有一位老妇人和她的女儿,居住在一片黑树林边上的小茅屋里。"如果有的话,你的头脑中会浮现出怎样的形象呢?这里没有给出多少信息,没有名字,没有年龄,没有确切的地点,没有外在的描述,但不知何故——也许那些原因对我来说还是个谜吧,我就是想要去填补这些空白。也许这段描写还不够详细,但已足以让我想象到一个矮小而笨拙的妇人,腰上系着一条围裙;想象到一个纤细的少女,留着一头棕色的长发,面色苍白;想象到炊烟从茅屋的烟囱里升起。大脑会憎恨真空吗?是否有必要将模糊无形的东西变充实、将动作具象化呢?或者你会满足于页面上的文字、文字中的文字和文字本身吗?如果会的话,你阅读那些文字的时候情形是怎样的呢?

对了,我并不是说《告别昨日》是一部影视杰作,只不过在我看过的影片中,它是唯——部如此关注骑车运动的——我觉得这一点很有趣。当然,结尾处那场成功的比赛不过是好莱坞式的哗众取宠罢了。但影片最后一个镜头真的很有趣——那个数月来假扮意大利人的小男孩,在校园里遇见了一个迷人的法国女孩,然后他冲着一脸困惑的父亲大声喊道:"你好,爸爸!"

有些东西值得进一步思考。在过去的几周里,我就刚刚出版的《日落公园》接受了十几位美国记者的采访。他们当中的许多人,尤其是女记者(她们都是女性记者,既然我想到了这一点,我就说出来),对于我作品当中那位二十八岁的主人公和他十七岁情人之间的恋情都感到很震惊,甚至是很愤慨。"未成年人性爱"似乎不断在当代美国文化中敲响警钟。另一方面,当我和记者们谈论《隐者》时,几乎没有人提及兄妹之间的乱伦。实话实说,我感到迷惑不解。

你有什么看法吗?

向您和多萝西致以紧紧的拥抱!

保罗

2010年11月29日

亲爱的保罗:

"进两寸,又退一寸"——这是你用来描述你们国家社会进程时的措辞。美国,由于它是世界霸主,从某种重要意义上来讲,也就成了我的国家,而且也是这个星球上每个人的国家,但其附加条件是,我们这些人并不参与到它的政治进程之中。

作为被统治阶级的终身成员,我的观点可能带有偏见,我认为指望我们的统治者带领我们奔向更美好的未来是很天真的。他们有更重要的事情要处理呢。因此,只要他们内部解决了和平交接的问题,我就不会再对他们提出要求。说到交接问题,我不过是指把权力从他们当中的一个人传给下一个人,其间不要让民众遭受暴力之苦。

我们只要看一看那些还没有解决交接问题的国家,便会意识到这是一个多么了不起的成就,相反,生活在竞争者要依靠诉诸武力来夺取政权的国家该是一件多么痛苦的事情啊。

因此,在这个问题上为美国欢呼两声吧。

我认为，美国的稳定很大程度上来自于你们美国人被灌输的（也是已经学会了的）对国家纲领的尊崇。这就引发了关于原教旨主义的一些有趣的问题。就我所知，在你们国家，有人认为《宪法》和《人权法案》是一回事，只能是一回事。而其他人则认为，鉴于历史变迁，这些章程需要不断地重新阐释。而在阐释问题时所产生的这一分歧（书面文本的含义是什么或者可以被解释成什么）密切反映了基督教原教旨主义者和主张革新的反对派之间的宗教理论差异，毫无疑问，这也反映了其他有文本依据的宗教之间的差异，如犹太教和伊斯兰教。

我不知道你对于阐释和阐释的限度怎么看。我个人的感觉是，有些学者（或者判官们）费尽心力去梳理具有两千年历史的文本对于干细胞研究的说法，这个场面真是滑稽可笑！当我们进入现代社会后，我也确确实实感觉到，美国的开国元勋们在 18 世纪宣称公民有携带武器的权利，却未能明白无误地阐明其具体含义，这点应该受到责备；而考虑到这些年来，成千上万的美国人因该法令的字面解释而命丧黄泉，而后来的历届政府都没有决心废弃这项法令并代之以更确切的措辞，他们也难辞其咎。

我忽然想到了尼采的一段话（出自《偶像的黄昏》）："在个人抑或民族间，依据什么才能去衡量自由呢？若依据阻力，阻力就必须克服掉；若依据努力，努力的代价就是保持高高在上。唯有在最大阻力被不断克服的地方，才能找得到最高类型的自由人。"这里有一个推论：即使从理论上讲一个人生而自由，那他的自由也会很快消失殆尽。还有一个推论:世界上可能根本就没有"自由王国"这样一个地方。

在上一封信中,你把虚构空间的讨论又向前推进了一步,问我在书中读到"有一位老妇人和她的女儿,居住在一片黑树林边上的小茅屋里"时眼前会浮现出什么情景。和你相比,我的视觉想象力似乎差距很大。在通常的阅读过程中,我觉得自己什么也没有"看到"。只有当你来要求我说一说的时候,我才在回顾之中在眼前拼凑出一个隐隐约约的老妇人形象,还有一个女儿、一间小木屋和一片树林。

我缺乏视觉想象力,但我似乎的的确确能感受到一种权且称为氛围或色调的东西。当我的思绪回到我所了解的某本书上时,我仿佛能唤起一种独特的氛围,当然若不是在重写这本书的话,我是无法用言语来描述它的。

你坦言,当批评家不去指责兄妹之间的乱伦(《隐者》),却对一个二十八岁的男子与一个十七岁少女(女人?)之间的性爱(《日落公园》)义愤不已,你对此感到迷惑不解。

我也颇为迷惑不解——尤其是在后一部作品中,对于亲昵行为的描写颇为谨慎。最令人困惑的问题还是,我们到底生活在哪个历史时代:是清教徒时代还是宽容的时代。似乎两者兼而有之。一方面,看着十六岁的女儿把男朋友带回家过夜,父母并未反对。第二天早上还给这对心满意足的年轻人准备了早餐。另一方面,一名成年男子在海滩上给身着泳装的女孩照相却被关进了拘留所。

我尝试着给出这样一种解释:我们时代的特征是敌视

欲望的,而且还想惩罚它。但与此同时,我们又不准备惩罚孩子,孩子显然是没有过错的。因此,对孩子产生欲望的成人就要受到加倍的惩罚。

信奉弗洛伊德学说的人会关注这样一个问题:我们为什么不再惩罚孩子,尤其是取消了体罚,而过去体罚是一件平常事,现在事实上却成了忌讳。我猜想,弗洛伊德学派的人会指出,幼童日益的性欲化与(在这种环境之下体罚儿童所不可避免地带来的)性欲色彩或性欲化色彩之间是有联系的。这种令人无法忍受的逻辑会推导出类似这样的说法:这个孩子是在引诱我。但是如果我因此而惩罚她,我就是在向她的引诱屈服。那么,我接下来该怎么办呢?

一两年前,在澳大利亚有一个很有意思的案例。一个受人尊敬的摄影师举办了一个摄影展,其中展出了一个(我相信是)十二岁的(女性)裸模的照片。由于治安维持会的举报,警方关闭了这个摄影展。在采访中,总理凯文·拉德①被问及对于这些(当然已经在网络上传播开来的)照片做何感想。不管是出于什么动机——也许他以为这会帮他赢得选票吧——他宣称这些照片"令人作呕",并且大声发问,我们为什么不能放过孩子们,让他们无忧无虑地成长。

对于这一回答可以做出多种多样的解释,而这种回答现如今也只有留心公众舆论的政治家才说得出口。有一种

---

① 凯文·拉德(1957—),澳大利亚政治家,2007至2010年间担任澳大利亚总理。

解释就是,它认为,如果我们赤裸身体,我们就带有性意味,也就是说,裸露、裸体和性欲,几乎就是一回事。

记得几年前我曾写过一篇关于色情读物的文章,文中采用了我想到的一个制胜的修辞手法——归谬法,我大声发问,我们是不是得要求电影工作者保证,他们在性爱镜头中所使用的演员都绝不是未成年人。瞧瞧现在吧,今天的电影工作者被要求签署的正是这种声明。

祝好!

约翰

2010 年 12 月 3 日

亲爱的约翰:

你问我对阐释或者阐释的极限怎么看,而在我(愚笨的、富于联想的、极度活跃的)头脑中最先想到的是许多年前在《犹太法典》节选的英文译本中所读到的一段话。几个拉比①正在讨论,在什么情况下可以让一个人不做日常的祈祷。一个拉比说是粪便,如果你发现自己站在一堆粪便旁边,这时祈求上帝保佑将是一种亵渎,不是吗?另一个拉比表示赞同。那么,下一步该怎么做呢?当然是换个地方了。可要是你哪儿也去不了怎么办呢?一个拉比建议说,用一块布或一张纸把粪便盖住。眼不见为净,只当它不存在,你就可以继续祷告了。另一个拉比表示同意。接着,最年轻的拉比提出了一个令人苦恼的问题:要是粪便粘在你的鞋底上——而你又没有注意到——怎么办?那你可不可以祷告呢?我清楚地记得,下一句话是:"对这个问题,他们没有回答。"

---

① 既是犹太人中的一个阶层,也是对有学识之人和智者的尊称。

我的意思是,阐释也只能到此为止,迟早你会遇到无法回答的问题。如果你被迫给出回答(恰如法官被强迫这样做那样),就有必要主观一些,也就是说,答案要个性化,能够体现出你是谁,是做什么的,反映出你对这个世界运转的看法。就前面提到的拉比的例子而言,我能够轻松地想象出对话是如何继续下去的——虽然满怀感激,虽然心存美好,但事实却不是这个样子。一个思想开明的拉比会告诉他的那位年轻同事要继续祷告。只要他不知道鞋底上有粪便,他又有什么责任呢?上帝会理解并宽恕他的。但是,一个信奉原教旨主义的拉比的回答就会恰恰相反。他会争辩说,粪便就是粪便,法律就是法律,既然禁止在粪便面前祈祷,那你鞋底上粘了粪便还做祷告,就是冒犯上帝,就是对上帝的大不敬。

再进一步说,既然你谈到了美国政权的和平交接以及美国人对国家"纲领"的尊崇……你在美国居住了很长时间,足以像我一样了解美国人的生活,但与此同时,你又远离这个地方(为什么不该呢?)而我却不可能。你把自己视为一个"被统治者",考虑到在过去的无数岁月里美国给世界各国所造成的伤害,你对美国持有一点怀疑并非毫无根据,事实上也是完全可以理解的。我也抱有怀疑之心,但我属于这片土地,对这片土地怀有深厚的感情,无论什么时候美国铸成大错(太司空见惯了),我都极为痛心。(如果我们只是谈政府更迭、文本阐释、原教旨主义和纲领性文件,那么)再也没有比2000年总统大选后,由最高法院出面做出裁定——戈尔惨败给小布什——更糟糕的事情了。我相信你还记得当时发生了什么。于我而言其中最引人注目的是,所谓的原教旨主义的法律阐释者们如此迅速地——而且是迫不及待地——背叛了他们所谓的信念和信仰,把他们支持的人推上了台。人们很难察觉到,在如此大的一个舞台上正在上演一场高智商的欺诈游戏,而那几个星期所亲眼看见的虚假与伪善让我感到痛苦,事情过去十年了,我依旧感到痛苦。对于美国纲领的尊崇还是就谈到这里吧。最后,当涉及政治权力的争斗时,思想就变得微不足道甚至是一文不值。最高法院在完美的合法性的伪装下为共和党赢得了一场政变。

戈尔最先胜出。但他的胜利还不是决定性的,不足以阻止别人把胜利的果实从他手中偷走。而他没有获得压倒性选票的原因之一,或许是唯一的原因,就是受了比尔·克林顿性丑闻的影响。(当时有个笑话:克林顿为什么要穿内裤?答案是:为了让他的脚踝暖和一些。)然而,没有必要旧事重提,我们还是回到你来信的最后一部分,你断言(你正确地断言)就性问题而言,我们生活在一个惩罚的时代。是的,一方面我们有很大的自由度,但另一方面,自从第一批殖民者踏上新英格兰就伴随着我们的清教徒式的判断依然存在。没有克林顿的性丑闻,也许就没有布什。没有布什,也许就不会有"9·11"——那也就意味着不会有伊拉克战争、阿富汗战争和那些刑讯逼供。只因少了一颗钉[1]……

---

[1] 英文原文为一个带有韵律的谚语,表明小的举动有可能带来很严重的后果。

你信中提出的所有问题似乎都归结到了这个凄凉的故事。

得走了,但临走之前我还想再匆匆写上几句。我16日回纽约。同时,我还要告诉你一句第二次世界大战中的美军军事用语,我也是在最近第一次看到,叫FUBAR(翻译为:简直糟透了①)。还不错,对吧?

致以最最美好的祝愿!

保罗

---

① 这里的原文为:fucked up beyond all recognition,意为事情很糟糕、面目全非。

2011 年 1 月 19 日

亲爱的保罗：

有一天我偶然发现了一个思维小实验，它时而困惑着我，时而又使我很开心。

我在反思自己生活中的境况，反思自己如何来到这里（澳大利亚一个小城市的郊区），反思种种偶然事件，包括我的偶然出生——在某个特定的日子生于特定的父母——这不仅决定了我在哪儿，也决定了我是谁。我突然就想到，沉思一下这样的世界真是太容易了，在这个世界里，约翰·马克斯韦尔·库切这个出生于 1940 年 2 月 9 日的家伙并不存在，从未存在过，要不然就一直过着一种完全不同的生活，甚至不是人类的生活；但是在下一刻，我又会萌生另外一个念头，沉思一个我这个人并不存在、从未存在的世界是不可能的。

这个小把戏我又试了一次，先想一个念头（没有约翰·马克斯韦尔·库切的世界），然后是另一个念头（没有我这个人的世界），这次又奏效了。第一个很容易想，第二个则不可能。

这个简单的逻辑结论似乎证明了"我=约翰·马克斯韦尔·库切"这个等式是错误的。的确,个人的直觉是支持这个结论的。我猜想你也会发现"我=保罗·奥斯特"同样是错误的。

但是你以前见到过这个等式的错误被阐释得如此清晰吗?

多萝西和我明早出发去印度,这是我们第一次去印度。为此行所做的准备,包括超常数量的粪便——我是指字面意义上的粪便。我们必须接种抵抗粪便传播疾病(肝炎、霍乱)的疫苗,四面八方的人都警告我们要勤洗手,不要吃陌生人的(脏)手传递过来的食物,我还在《纽约书评》的博客上看到,印度男人会在公共场合拉屎而丝毫不觉得羞愧,可印度女人白天解手被人看到却是万万不行的。因此女性中得尿路感染和肠炎的情况非常普遍。

一些禁忌的依据如此浅显总是令人感到震惊。比如:在清真寺不许穿鞋也不能坐下,这都是禁忌。为什么呢?因为鞋底可能会踩上粪便(很明显);还因为裤子臀部的地方也可能会弄脏(不那么明显)。

谢谢你的上一封来信(12月3日),信中也提到了鞋上的粪便。

一切顺利!

约翰

2011 年 1 月 28 日

亲爱的约翰:

　　工作了数月、写了一百页之后,我决定放弃——或是搁置——从去年春天开始动笔的那部小说。这本书似乎写得很散,向四处延伸,但没有中心,而我也一直找不到解决问题的办法。我还从未放弃过投入如此之深的写作——尽管我很失望,但我相信这个决定是正确的。我想知道你是否也遇到过类似的事情——如果有,你又是如何处理的。

　　跟我谈谈印度吧。那是我从未去过的一个地方,对它几乎一无所知。

　　在刚刚过去的这个月,纽约下了五英尺厚的雪——暴风雪一场接着一场。又回到那样的冬天了。

　　致以最诚挚的祝愿——并紧紧地拥抱你们俩!

　　保罗

2011 年 3 月 3 日

亲爱的保罗：

  我一直想给你写信谈谈印度，但转念一想，我应该留足够的时间让自己的思绪沉淀下来，这样它们或许会变得更成熟、更有趣。现在我发现它们没有什么变化，只是沉淀了下来，所以就没有理由再拖延了。

  我应邀参加了斋浦尔①文学节，我把它当作此行的餐前小菜，即使不是印度之行的，至少也是拉贾斯坦邦②之行的序曲。如果拉贾斯坦邦之旅还不错，我或许会更有信心，接下来去游历印度的其他地方，有可能是喀拉拉邦③。

  我对斋浦尔文学节的情感是复杂的。我早就听说过它规模庞大、喧闹嘈杂，这一点我不太喜欢。但另一方面，我在那儿一定会遇到一些意气相投的人，印度的和其他国家的，而使我能够有机会与他们讨论善与恶、明智与失策、如何看待这个国家等等。

---

① 印度北部城市，是拉贾斯坦邦的首府。
② 位于印度西部。
③ 位于印度西南部。

我并不认为自己在这个文学节上有什么与众不同,也不想被一轮又一轮的公众提问所包围,这种提问如今已经成为这类文学节的一个基本特征了。接受讯问不是我的长项,因为我的回答太过简洁,而这种简洁(省略)很容易被误读为不悦或生气的表现。因此我宣布我只朗读一段小说,不做其他。我当时也是这么做的。这本小说并不有趣(是关于生死和灵魂的),所以对于这种场合可能是个糟糕的选择。观众的回应是:恭敬而茫然。

不管怎样,五天之后,文学节结束了,从那些关于如何走近印度的零星谈话中,我并没有获得什么特别的启发。更糟的是,我还发了低烧,大部分时间都昏昏欲睡。

接下来,多萝西和我开始了为期一周、价格固定的拉贾斯坦邦之旅,一位名叫拉克什的司机开车带着我们,从斋浦尔到普什卡、到焦特布尔、到乌代布尔、到邦迪,最后回到斋浦尔。旅行结束的时候,拉克什把我们送上飞机离开这个国家。

我本想在这儿把一路上让我印象深刻的景点列出来,但我估计你想从信中了解更深入的东西,所以我在这里就只讲我观察到的两件事,或许接下来要反思一个问题,为什么我是一个糟糕的记录者,不仅对印度之行,对所有生活的记录都是如此。

我的第一个发现是,在印度,人类与动物似乎找到了一种和谐相处的生活方式,这在我去过的国家里是头一个。我实际观察到的物种数量十分有限——牛、猪、狗、猴子——但我没有理由以为只有这些动物才被人类的生活圈所接受。我没有看到虐待动物的迹象,即使奶牛在繁忙的街道上晃来晃去挡住了人们的去路,也没有人显出不耐烦的样子。

奶牛在印度受崇拜已习以为常,但"崇拜"这个词在我看来似乎是用词不当。与之相比,人与动物之间的关系更为世俗化:即使在动物打扰人的时候,人们也会容忍它们,并接受动物的存在方式。

之所以会关注这一点,源于我之前在非洲的个人经历。在非洲,动物无处不在,但人们对它们持一种鄙视的态度,视其为低等生物,不假思索地残害动物的现象比比皆是。

我观察的另外一件事是贫穷,这在我的头脑中同样与非洲的情形产生了鲜明的对比。"贫穷"在印度实际上就是勉强糊口的生活水平,日复一日地为了生存而挣扎。然而,这种勉强度日的生存状况我见得越多,就越被人们赖以生存的实际技能和勤劳所打动。无论是看那些从开采出来的砂岩中打磨建筑材料的工人,还是在路边供应饭菜的小贩,他们都是长了一双我只能称之为"慧手"的灵巧之人,在其他经济体制下,他们有可能成为富裕的工匠。换句话说,在我看来,这是一项巨大的人力资源,可惜目前被挖掘的只是很小的一部分。

现在来说说观察者本人吧,他从浸染了两周的外国文化(也是一种异域文明)中走了出来,除了积攒一大堆陈词滥调和抽象的观察外,再无其他可以炫耀的了。旅行如此光彩夺目,可我为什么写不出东西来呢?——为什么不能将奇特的景色和动听的声音真实地再现出来呢?我知道你会说:"这样的人不止你一个。卡夫卡对奇特的景色和动听的声音的真实再现在哪里呢?贝克特的真实再现又在哪里呢?"但依赖这种安慰的话就足够了吗?这难道不恰恰证明了一个人原有之不足吗?——对世界之美及慷慨缺少回应。努力把当地的贫穷变成一种美德有什么值得称道的呢?

问题,问题啊。

您永远的,

约翰

2011 年 3 月 7 日

亲爱的保罗：

　　加拿大的会议组织者来信说，他们已经把酒店为我们预订好了。太好了！我非常期待能和你在一起待上一段时间。很可惜西丽不能去。

　　多萝西会来的——差不多在同一时间吧，她要在皇后大学①举办的一次学术会议上宣读论文。

　　得知你不得不放弃(1 月份)那个显然已经投入了很多精力的写作，我很遗憾。但这些投入绝不会完全作废，不是吗？一两页纸、这里那里的想法，将来肯定都还用得上，(打个园艺学上的比喻)也许会在某个适当的时候落地生根呢。

　　我以前也放弃过一些写作，最初的本意是要努力往下写，或许写得又臭又长，最后就觉得没指望了。

　　现在让我感兴趣的问题是，我们什么时候又如何会知

---

① 加拿大的一所公立大学，建于 1841 年，比加拿大建国还要早二十六年。

道自己才思枯竭了。一个人不可能永远地写下去;一个人也不希望在年老昏聩时以一部令人难堪的蹩脚的作品辍笔。那么,一个人怎样才能发觉他再也无法恰当地处理一个题材了呢?

致以良好的祝愿!

约翰

2011年3月8日

亲爱的约翰：

非常高兴收到你最近的——最近的两封来信，得知你平安归来，我很欣慰。

事实上，游记总会让我感到枯燥无味，甚至异域风情的电影——按理说，它们总该使人爱不释手的，我却总是无动于衷。记得我还是个孩子的时候，人们所展示的观光影片就介于动画片和专题片之间——都是些无聊至极的作品，保证两分钟之内就把我赶到电影院的小卖部那里去了。

这并不是说我对这类作品中的某些经典之作也不感兴趣——希罗多德①、马可·波罗、约翰·曼德维尔爵士②、圣布伦丹③、哥伦布、卡比萨·德瓦卡④——其中的很多游记

---

① 希罗多德（公元前484—前425），古希腊历史学家。
② 约翰·曼德维尔爵士，最早流行在1357至1371年间的《曼德维尔游记》一书的作者，但具体不详。
③ 圣布伦丹（484—577），爱尔兰早期的一位圣徒，是大西洋探险故事中的英雄。
④ 卡比萨·德瓦卡，欧洲文艺复兴时期探险家。

充满了谎言和异域的发明创造。与此同时,19世纪的某些作品已经具有了纯文学的价值:如道提①的《阿拉伯西北漠地旅行记》,帕克曼②的《俄勒冈小道》,鲍威尔③的《科罗拉多河及其峡谷探索》——但80年代游记文学繁荣时期对我来说从来都没什么意味,而深究下去的时候,我非常喜欢虚构的人类学作品,如卡尔维诺④的《看不见的城市》,或是亨利·米肖⑤的散文诗《我从遥远的国度写信给你》,甚或是西拉诺·德·贝热拉克⑥在17世纪所写的月球之旅——这些纯幻想类的作品似乎比那些现实的报告文学更加关注人类生活。

你对自己作为"奇特的景色和动听的声音"的观察者却苦于找不到技巧去表现而叹息,可你不是一个记者——无论后天习得还是与生俱来,你都不是——而你对事物的关注点与你个人对此的感受,和一位新闻记者的关注点与感受顺序不同。新闻记者和游记作家往往关注事物的表面现象。他们的任务就是为读者创作出一幅幅语言图像,这就需要近距离仔细地观察呈现在他们眼前的每一种事物,并将其转化为一种迷人的词句,但你一次是要观察很多事物的,要在同一时间观察所有事物,并且要想方设法从所见

---

① 查尔斯·道提(1843—1926),英国作家、旅行家。
② 弗朗西斯·帕克曼(1823—1893),美国历史学家。
③ 约翰·鲍威尔(1834—1902),美国西部探险者、伊利诺伊州立大学教授。
④ 伊塔洛·卡尔维诺(1923—1985),意大利作家、记者。
⑤ 亨利·米肖(1899—1984),比利时出生,用法文创作的作家、画家。
⑥ 西拉诺·德·贝热拉克(1619—1655),法国戏剧家、角斗士。

所闻中寻找意义——就是说,要想方设法对迥然不同的事物进行综合,这种观察不能仅仅涵盖事物的表象,还要能鞭辟入里。因此,我非常感谢你在印度所观察到的人和动物之间关系的那番评论(这些观点我前所未闻),还有那个你称之为"慧手"的产业。阅读那些内容,远比知晓穷人喝水时所用杯子的颜色要好得多。

3月10日

时断时续,忙忙碌碌的日子——让我无法继续8日那封信……

谈点9月份在加拿大的事情吧。我知道你对"公众的讯问"感觉不舒服,但这似乎恰恰是他们想要我们两个一起合作的事情。台上只有你我二人,没有主持人。首先朗读一小段我们的作品,然后展开某种对话。我们或许该事先确定想讨论的话题(用最一般的术语来说,就是一些要点),然后可以由此即兴发挥。我们在表达自己观点时也需要采用问答的形式——一对一的形式——但绝不是传统访谈那种拷问的形式。我想我们都会应付自如的。如果你的发言很简略,这没有关系。我自己也想简练些。

要理解世界上距离遥远的国度正在发生的事件真是有难度。除了我眼前美国正在发生的事情之外,我所了解的一切全都是经过媒体过滤的(主要来自《纽约时报》和《纽约书评》,也包括一些电视和广播),距离热议事件的发生地越远,我就越不敢确定自己是否真的了解事情的来龙去脉。最近意大利丑闻不断(欧洲政治对我来说并不陌生)闹得沸沸扬扬,对此我可以确信无疑,但把视点转移到中东地区的事件时,我就没有十分的把握了。美国的媒体告诉我们的是,突尼斯和埃及都自发地爆发了革命,在那个地区的数个国家如雨后春笋般地涌现了抗议行动,而在利比亚,各方冲突很快就演变成了一场血腥的内战。让我们把目光投向时下的埃及:和平起义似乎在本质上是一场世俗革命,起来斗争者大都是二三十岁的年轻人——由于政府常年的腐败与专制造成的畸形社会,受过教育的年轻人大面积地失业或处于待业状态。他们的反抗运动得到了妇女、公务员、贫苦工人的支持,甚至还得到了军队的响应。大家都高度赞扬这些反叛者的激情与奉献,可现在,不过是在几周之后,裂痕似乎已经再次形成,暴力冲突也愈演愈烈(特别在最近,主要是基督徒和穆斯林教徒之间的冲突),总之在我看来目前的局势动荡不安、危机四伏。几十年没有真正的政治生活,没有有序的政党,也不可能有结构严密的政治对手,凡此种种导致广大民众渴望社会变革,但一时又缺乏实现社会变革的政治手段——从而使军队控制了整个国家,至少现在是如此。我觉得出现了权力的真空,而当我想起历史上的革命时,往往是这种权力真空催生了拿破仑之流,这类精明的机会主义者伺机跳出来,用暴力夺取政权。这正是我所担心的——但我是否真的了解事情的来龙去脉呢?又是否真正了解那些深陷其中的人们呢?近乎一无所知啊。而与此同时,美国正在唇枪舌剑地辩论是否要轰炸利比亚。想想都不寒而栗啊……

致以最热烈的问候!

保罗

2011 年 3 月 14 日

亲爱的保罗:

你不使用电子邮件而且(我很确信)你也不会随身带一部手机。我相信就你而言,这些都是原则性的决定。在个人层面上,我对他们的观点毫无兴趣。真正令我好奇的是,身为一位 21 世纪写小说的人,如果作品中缺失了诸如手机这样 21 世纪的交流工具,那意味着什么呢?

在我继续说下去之前,请相信我是站在你这一边的。我也是在不由分说当中成了一名 21 世纪的人,可在我的作品中,人们仍然是通过写作(并邮寄)纸质信件进行交流的,作品中所(时不时地)采用的最时新的交流工具便是电话了,而电话恰恰是 19 世纪的发明。

我想,在一个人的虚构世界中,手机的使用或缺失将不再是无关痛痒的小事了。为什么呢?因为,无论是过去还是现在,大量的小说的创作技巧,都纠结于究竟让人物知晓信息还是对人物隐瞒信息,是让人物同时出现在一个房间还是让他们分隔开。如果突然之间,人人都几乎可以与其他人取得联系——即通过电子的联系方式——那么故事的情节安排会变成什么样子呢？在电影中，人们已经对各种情节的细微线索习以为常了，不用说就知道要对人物 A 无法与人物 B 进行对话做出解释（手机遗忘在了出租车上；手机接收信号被群山阻隔）。这样一种默认的情形已经预示着，除非是特殊环境，A 总能联系到 B。

人人总是可以联系到其他人，这会成为明天（其实是今天）小说的标准吗？它所带来的必然结果是，一旦在一个具体的小说世界中并不是每个人都能联系到其他每个人，那么这个小说世界就一定属于过去。是这样吗？

人们过去可以接收一页又一页的信，那时还不存在电报／电话（还有待发明），自然就需要把消息手写甚至是在一端记住，到另一端再背诵出来（例如：那个从马拉松跑到雅典去报信的人）。像你我这样以及与我们类似的人所写的很多小说，难道注定要被人们看成是不存在手机时的那些小说，也因此就被视为稀奇古怪咯？

我进一步想到的是，手机给通奸行为带来了怎样的变化（通奸者不得不做出调整），又给一般意义上的欺骗行为带来了怎样的影响。一部有关通奸的当代小说（或是一部有关当代通奸行为的小说）其结构会有很大的不同。

我并没有小题大做，我还想把目光投向那些正在上升的数据列表，有越来越多的商品与服务，离开手机人们就得不到（其数量还不如离开了互联网人们就得不到的商品与服务多，但是呢……）。压力迫使我们每个人要拥有一部手机——这种压力其实就是一个号码，一个代码，由此无论白天还是黑夜每分每秒我们都会让人找得到。当每个公民都拥有了这样一个号码,这么一张有形的身份证明还有继续存在的必要吗?

在一些小说里,手机已经被当作跟踪装置了。某个头戴穆斯林头巾的不幸的家伙一打开手机,片刻之后就被一架无人机上发射的导弹炸得粉身碎骨。

3月22日

在我的脑海深处,一直记得你十分赞赏威廉·惠勒①。在过去的几周当中,我一直在看他的影片,找到什么就看什么——像《忠勇之家》《危急时刻》《双姝怨》,还有一部是根据毛姆②的小说改编的,由贝蒂·戴维斯③主演,片名我忘记了。

惠勒一向做事高效不著痕迹,因此人们很少注意到他的作者之手。我希望将来有机会和你谈谈他,也想听听你作为电影圈中的人④对他的溢美之词。

你对当下埃及局势的判断看上去相当准确。当人们看到开罗街头那些聪明、略带稚气、热情洋溢的年轻人在摄像机前说拥有自由的感觉多么美好,他们无比憧憬一个崭新的埃及时,人们不禁会想,再过两三年,当新的统治精英执掌政权时,他们会说些什么呢。

---

① 威廉·惠勒(1902—1981),美国电影导演、制片人、编剧。
② 威廉·萨默塞特·毛姆(1874—1965),英国戏剧家、小说家。
③ 贝蒂·戴维斯(1908—1989),美国女演员,影、视、剧三栖明星。
④ 保罗·奥斯特既是位小说家,也是位电影导演。

我一直在思考,唯有在一个极为短暂的过渡期内,当一个政权被推翻而新的政权尚未就位时,人民才能体会到真正的自由——比如在纳粹黯然消失和新的紧缩政策实施之前的欧洲。多么难得啊,民众可以有机会在大街上载歌载舞!民众,一个多么古怪的术语啊!

一切顺利!

约翰

2011年3月28日

亲爱的约翰：

有位朋友送了我一台老式的手动打字机，是奥利维蒂牌的Lettera22款型①，我已经把它从曼哈顿带回家来了，在过去的两周中，这台打字机一直在一位名叫保罗·施韦泽的人手里，他所在的格莱美喜办公用具公司是纽约最后一家还维修打字机的地方。我花了275美元把我的这个新玩具进行了一次大修，而我现在首次使用它，触碰键盘时的美妙手感，整体设计之典雅精巧，带给我极大的快感。如此漂亮精致的机器——小巧轻盈，完全可以在将来作为旅行打字机使用，而这样的打字机我已很多年没有使用过了。

你对手机和其他形式的电子科技产品的看法来得真及时（或者说真巧）。是的，这些产品现在已经成为人们日常生活中必不可少的一部分，小说家在谈论当代世界时不能

---

① 奥利维蒂牌的Lettera22，是一款便携式打字机，由意大利艺术家、工业设计师马塞罗·尼佐里在1949年（又说1950年）设计。该款型在意大利很受欢迎，至今还有很多的粉丝。1959年，伊利诺伊理工学院将该款打字机选为近一百年来的最佳设计产品。

不承认这些新生事物的客观存在。尽管我自己现在没有手机了(我曾经有过一部,但时间不长,因为很少用,后来就给了我那当年才十几岁的女儿,而她在过去的九个月当中丢了三部手机),但我还没有那么愚昧或是固执,还不至于要把我个人的不同观点强加到我书中的人物身上。我最近的那部小说,完全以当下为时代背景,故事情节当中就有手机,而且尽管我也放弃了我的手提电脑(我在此前创作一个剧本时用过它),但电脑和网络都出现在了我在21世纪所写的那些小说当中。我是个现实主义者!我可能会向往昔日的好时光(唱片行、宫殿般的电影院、四处皆可抽烟),当看到共进晚餐的朋友们突然不说话了、全都在低头查看各自的手机,我也可能会黯然神伤,但不管我对这些奇妙的小物件有着怎样复杂的情感——其功能原本是要把人们聚合在一起但事实上总是把人们分离开来——我知道,这就是当今世界的真实写照,虽然我无能为力,但我可以勇敢地面对它,并试着去接受它。

人们当然可以写作历史小说。我是说,如果有人对创作历史小说感兴趣的话——对此我没有兴趣。

通奸小说:真是个可爱的术语,看得我不禁笑了。毫无疑问,当夫妻二人都使用手机时,一方想要隐瞒就变得更加困难。但有人会时常关掉手机,有时有电话打进来,他们就先看看是谁打的,而有的人干脆就拒接电话(对此我已有所察觉)。但另一方面,如果你想继续保持你的婚姻稳定,总是不接听妻子的电话可不是明智之举,而保持婚姻稳定,我认为,是所有通奸者的目的所在。但我也不相信,今天由于人人口袋都装有手机,所以通奸行为就比过去少了许多。今天的通奸可能需要更加迂回曲折的新形式——但对大多数小说家来说,这会是备受欢迎的新挑战。

你谈到了人人都可以联系到其他人,从某种程度上说,这准确无误——但只是以一种碎片式的特殊方法而已。没有手机电话簿。那种记录着传统的地址编号的厚厚的电话簿(在纽约这样的大城市,像书簿一般特别宽大)依然存在,但发行手机号码就属于个人私事了。我有你的手机号,是因为你给了我,但我在其他任何地方都找不到,没有公众领域可以找到你的私人号码。可一旦我拥有了它,当然我就可以随时随地地联系你,因为无论你到哪里,"移动电话"(这个词要比美国使用的"蜂窝电话"好多了)都可以追到那里。手机这个新体系有诸多优点(尤其是出现紧急状况和突发事故的时候),同时也有很多缺点(如在秘密事件或是通奸行为中)。总之,算得上是有利有弊吧。然而,说到电影,手机无疑是往前迈了一大步。现在既然不允许人们到处抽烟了,人们就让演员手中多了一部手机。

说到电影——你特意去考察威廉·惠勒让我印象深刻。我还不能说自己像你认为的(或者是我误导了你)那样钦佩他。如果要我列出一份想象中世界上我最喜欢的导演甚或只是我最喜欢的美国导演名单,他都绝不会名列其中——事实上,甚至都不会出现在备选人之中。我对他的《我们生命中最美好的时光》确实情有独钟,我认为这是他最棒的一部影片,也是好莱坞的经典影片之一,但他的其他影片就难以与此相提并论了。当然,他的其他作品也不乏有我喜欢的,但并非你近期观看的那些影片——如果你看到的贝蒂·戴维斯主演的影片叫作《信件》,那么你可能看到的是继《我们生命中最美好的时光》之后他最为成功的作品之一……另外两部都改编自美国小说:1936年的《孔雀夫人》(原著辛克莱·刘易斯①),和1949年的《千金小姐》(原著是亨利·詹姆斯的《华盛顿广场》)。惠勒是个追求优美风格的人,颇具天才的导演,指导演员有方(使他们留下了众多令人印象深刻的作品),作品具有视觉冲击力(尤其是在由克莱格·托兰德担任摄影的那些片子中——可惜托兰德这个天才,四十五岁时逝于心脏病),但是,他这么个技艺如此出色的人,我却几乎感受不到独具个人特色的印记,难以描述的区分伟大与很好的那种因素。法国著名电影批评家安德烈·巴赞②在《电影手册》中对惠勒在1950年代末期的重要性所做的高度评价未免夸大其词,但归根结底,惠勒并非一位令人喜爱到无比尊敬的导演。随信附上了我从电影百科全书中复印下来的惠勒的词条,其中给出了他所有作品的年表,还有其他一些饶有趣味的信息,尤其是在他刚刚出道做导演的那两年,他居然拍摄了多达四十二盘胶片的西部片。他不是科班出身,但还有比密集的在职职业培训更好的学校吗?如今,年轻的导演已经没有这样可以失败的机会了,只能从一部影片到另一部影片这样稳步前进。一次失败,随即被淘汰出局。

---

① 辛克莱·刘易斯(1885—1951),美国作家。
② 安德烈·巴赞(1918—1958),法国战后现代电影理论一代宗师,1950年代创办了《电影手册》杂志,并担任主编。

随信还附上：一张我五岁时身着足球队队服的照片复印件。我昨天很偶然地——在一个盒子里面找别的东西时——发现的，我记得以前在给你的信中提到过这件队服。注意，那是件崭新的队服啊！既未被杂草触碰过，更未被污渍弄脏过。而我脸上的表情是多么严肃啊！我真奇怪：这个小男孩到底是谁啊？

致以最最美好的祝愿！

保罗

又及：

我注册了两个9月份在加拿大皇后大学的圆桌会议。这是我有生以来第一次参加学术会议。哦，我可没有责怪你的意思。是朋友就怎么都行。

2011 年 4 月 7 日

亲爱的保罗：

　　谢谢你对威廉·惠勒的评论以及寄来的有关资料。你看过影片《双姝怨》①(1962)吗？这部电影改编自丽莲·海尔曼②的戏剧。我最近才第一次看到——我在上封信中提到过这一点——感觉这是一部富有勇气之作。或者更确切地说，我以为，惠勒冲破好莱坞的捍卫者们的束缚推出这么一部影片，是需要勇气的。(我想，这部影片如果在 20 世纪 50 年代拍摄的话，可能需要更大的勇气。)

　　一个人在观看复原的黑白胶片电影时，会有一分喜出望外，因为人们从破旧的影院、漫不经心的放映员还有简陋的放映机中，看到了自己的青年时期(甚至是童年时期)。在彩色影片中，人们就很难看到黑色用于灰调层次了，而只有灰调层次才会凸显色调等级。如今新的黑白片已无人问

---

① 《双姝怨》描写了美国一所私立女校的正副两位女校长，因被一女学生诬告有同性恋倾向而成为学校所在地居民的控告对象。最终一人走上死路，一人黯然神伤。主角由奥黛丽·赫本出演。
② 丽莲·海尔曼(1905—1984)，美国著名女作家。

津,想来令人心寒。

你最近如获至宝的奥利维蒂打字机是小巧扁平的那种,配有一个帆布拉链手提箱吗?我结婚的时候,我妻子作为嫁妆也带过来了一台。我就是用它完成了我的硕士论文。后来在1972年,我自己又买了一台阿德勒牌的瑞士打字机,可惜太笨重了无法随身携带。在电脑和打印机没有问世前,我一直在用它。我不会再用打字机工作了,无论是奥利维蒂还是阿德勒,但是一提到它们,我还是有几分怀念之情。我还珍藏着它们,放在储物柜的某个地方了吧。天知道哪里还能买到色带啊,更别说复写纸了。

你说完全准备好去写其中的人物带着个人电子设备到处走的小说了。我得说我还没有准备好。到现在为止,在我的小说中最多只写到了电话,然后就不情愿了。为什么?不仅因为我不喜欢世界变化到今天的模样,还因为假如人与人("小说人物")之间都在持续不断地隔空对话,那么,人际间的所有符号与暗号,无论是言语的还是非言语的,自愿的还是非自愿的,全都得舍弃不用。对话,就其全部意义而言,是不可能在电话上完成的。

我还从来没有想到过,真的没有一本公开可以找到的人们的手机号码簿。现如今,把自己的手机号告知他人,意义非同小可啊。

想想过去那些黑白影片,侦探全都是通过电话簿追踪目标的。凡是拍到电话簿中的某页时,就会出现一个特写镜头,随后就是用黑笔把人名和号码圈起来。

4月18日

（续上封信）

近年来我的睡眠质量很差。如果一夜能够有四个小时的睡眠，我就觉得自己很走运了；如果能连续睡上四小时，那对我来说就是上帝保佑了。

如此一来我白天就会犯困，有时坐在办公桌前——恍惚之间就会神游世外，通常不过几秒钟，但有时也会长达五分钟甚至十分钟之久。

在神游之间，我居然做过极有趣的梦：全都是些片段，细节真实可信，场景与现实无异，人有对话，物有外观，精确之极。它们一点都不像是来自我的记忆深处，倒纯粹像是虚构与创造。它们既不奇特，也不邪恶。我把它们看作想象的指法练习，心灵的即兴表演，全都源自我四十年观察万物的实践结果。它们对我毫无用处——它们不适合我正在进行的创作——因此也就没有必要把它们记下来。我很高兴与它们相伴，甚至很享受它们的呈现，但它们也给我留下些许伤感。数十年养成了这一特殊的小本领，想到我离去时，它也就会烟消云散，似乎有些遗憾。这可不是可以遗赠的东西啊。

一切顺利!

约翰

2011年4月22日

亲爱的约翰：

想必你已经收到了我的短信,我告诉你西丽和我将要再度动身前往欧洲,要到5月30日才会回到家中。接到了你最近的来信真是太好了,而且——来的时机恰到好处。

先最后谈一句威廉·惠勒。实际上,他早在1936年就拍摄过《双姝怨》,那是比较早的一个版本了。当时改编的版本名叫《这三人》。我在很久以前看过,但除了觉得影片不错外,其他的都忘得一干二净了(附上一则录像指南上的影片简介,我们有时候观看影片的时候,也会看上一眼这种简介)。回来后,我会尽量去找到这部片子的。如果你在此之前碰巧看到了,请跟我谈谈你的看法。看看两个版本之间的异同会很有趣啊。

我无意插手你的个人事务,但你所说的睡眠问题确实令我担忧。如果我处于你的状态,那我一定都要疯掉了。你尝试过安眠药吗?看过睡眠障碍门诊吗?接受过其他治疗吗?人很难从长期的疲劳状态恢复过来。我觉得这可能与你的旅行有关,你经常要赴欧洲,设法调整自己去适应时差是很痛苦的——尤其你生活在澳大利亚,到哪里去好像都远在天边一般。你在南非的时候有过这样的问题吗?还是移居澳大利亚之后才出现的?我把你的情况跟西丽讲了——因为她对你有深情厚谊,更因为她对睡眠有过研究,还写过这方面的文章,比我了解的多得多——她也很焦虑。她说,她想写信给你并提出一些建议。你看可以吗?

话说回来,你谈到的那些片段的梦幻真是令人着迷,同时,我也认为它们完全非比寻常。

大多数人在神游时,往往进入了一种半睡半醒的王国,人们在梦中王国会遇到无数失去控制的、色彩斑斓的意象在争奇斗艳。你讲述的那些小故事似乎都是黑白片(正如你我在当代电影中无法看到的黑白影片一样),事实上,他们既不怪诞,也不可怕,正因为如此我才觉得更加痛心。让这些天赋——这种独一无二的天赋——白白地流逝似乎令人遗憾。尽管你觉得无法把这些梦幻故事"用"于你现在正在写的作品中,但也许有一天,你可以将这种想象直接写进你的小说里,或是写进散文当中,或者是电影,那就再好不过了。像我,一定会看(或读)得如醉如痴啊。

几天前,我忽然意识到了我们之间的通信所带给我的启示,令我惊奇不已。我们保持通信已接近三年时间了,在这段时间里你已成为一个我愿称为"不在场的他者"的人,是那种兄长般的朋友,就像小朋友们为自己所设想出来的朋友。我发现自己时常边走边在脑海中与你对话,总渴望你就在我的身边,这样我就可以指给你看人行道上刚从我身边走过的表情奇怪的人,告诉你我无意间听到的人们琐碎的谈话,或者带你去我常买午餐的那家小小的三明治店,这样你就可以和我一起听听在那里能听到的聊天。我喜欢那个地方,一个完全朴实无华的地方,店里的顾客各色人等应有尽有,包括警察和消防员、对面街区的医务工作者、带孩子的母亲、学生、卡车司机和秘书,而让这个地方最显其与众不同之处,还是在柜台后面忙忙碌碌的伙计们,他们是一群朝气蓬勃的年轻小伙子,言谈中带有布鲁克林地区无产者的口音,他们似乎认识所有光顾这家小店的顾客("昨天我和你妈妈聊过天呢","我听说你的儿子在少年棒球联合会的比赛中表现很出色啊","欢迎回家。旅行怎么样啊?"),我仿佛生活在一个外省小镇而不是一个巨型的大都市里。我想你肯定会喜欢这家小店里的氛围,也一定能理解(如果过去还不理解的话)我觉得生活在纽约是一件多么有趣的事。约翰,你看啊,我就在头脑中与你在对话,而这样的事情还从来没有发生过——也许是因为我从未跟任何人有过如此频繁的通信吧——而其结果,我可以向你保证,绝对令人愉悦。

在过去的几周当中,有个说法一直在我脑海中浮现:逝者新希望。这是许多年前我读过的一本通俗小说的书名(小说写得不错,作者是美国人,叫查尔斯·威尔福特①,这个说法闪现在我的脑海中,是因为我刚刚看到一则消息,说多克托罗②在八十岁时刚出版了一本新的短篇小说集,他

---

① 查尔斯·威尔福特(1919—1988),美国作家,以写侦探小说而闻名。
② E. L. 多克托罗(1931—2015),美国作家。

跟(七十九岁的)库弗谈到他将要在秋季到爱尔兰去做贝克特演讲的事情,与罗斯(七十八岁)和德里罗(七十四岁)共进晚餐,然后发现所有这些所谓的老人状态都好得很,大家都忙着自己的计划,玩笑不断,保有健康的食欲,而我因所见所闻而深受鼓舞。逝者新希望。这意味着:你我新希望。

回来再给您写信。
致以最美好的祝愿!

保罗

又及:
是的,那款奥利维蒂牌打字机和你说的一模一样。小巧扁平的那种,还配有一个帆布拉链手提箱——手提箱是蓝色的,中间有一条黑色条纹。

2011 年 5 月 24 日

亲爱的约翰：

现在我就坐在意大利一座城堡的顶楼阳台上，用我那台虽旧犹新的打字机给你写信。西丽和我已经在这里居住一周时间了。放眼望去，远处的葡萄园和座座丘陵风景如画，美不胜收。我们何德何能受此礼遇？这是我们要在本周五和周六要参加的那个小型文学节的组织者为我们提供的休息场所，当时我们不明就里地就接受了，也不知道会被带到哪里，但情况变得越来越好，好得远远超出了我们的想象。我们是这家酒店独一无二的客人，而这家酒店的的确确就是一个城堡，尽管在本地来说算是个新城堡（大约建于1880 年），但从建筑学上说它华而不实，所以这就是一个真正的人造城堡。经过三周在北欧各个城市间的来回奔波，这样一个安静之地（名叫诺维罗，位于皮尔蒙特的兰格丘陵地带）真的成了欢迎我们在此休息的前所未有的极乐世界。既没有义务，也无忧无虑。我们只是写作、阅读和吃喝，而且这里天天都是阳光明媚——每天的芳香都比前一日更加馥郁，每天的阳光都比前一日更加灿烂。

我们最初在巴黎待了十天。在那里也就是写我的书，见见老朋友，而西丽则忙忙碌碌地跟记者打着交道（她的小说刚在法国出版）并参与各式各样的公众活动。我目睹了她的一系列活动：为巴黎心理分析学者协会做了演讲；在巴黎大学主持了一次富有争议但气氛极为活跃的有关创伤与写作的小型研讨会（讲到中间的时候，她挽起袖子说道："我爱为观念而战。"）；在法国国家图书馆做了一次场上对话；在莎士比亚书店①同另外一名女作家进行了一场对话（其海报是这么宣传的："我不读小说，但我妻子读。您愿把这本书献给她吗？"），最后，与女演员玛尔特·克勒尔②一起表演了一段双语对照阅读。然后我们去了维也纳，在那里，西丽又做了一场大受期待的西格蒙德·弗洛伊德讲座，座无虚席。报告十分精彩夺人耳目，凝结着她两三个月来绞尽脑汁的成果，我坐在听众席上，当观众掌声雷动时，我不禁热泪盈眶。接下来，我们分头行动，朝着相反的方向出发，在外旅行了四天。西丽到德国的柏林、洪堡和海德堡朗读她的作品，而我则奔向了斯德哥尔摩，开始为自己的工作奔波。此后，我们在哥本哈根会合，我们答应了我们在丹麦的出版商要出席由他组织的一个文学节。这位丹麦的出版商正在苦苦挣扎之中，公司状况命悬一线，寄希望于我们的出现能够让它时来运转。我们奋力工作了五天，太投入了，最后我们两个都感到筋疲力尽。最后我一算，西丽的公

---

① 位于巴黎的一家著名的独立书店，詹姆斯·乔伊斯的《尤利西斯》最早由该书店出版。
② 玛尔特·克勒尔（1945— ），瑞士女演员和歌剧导演。

共出镜率:十九天中参加了十四场活动——简直是惨无人道的行程安排,我已让她承诺,下不为例。

说来也怪,我好像已经写完了这本书。自从去年 11 月我把此前一直奋力在写的那部小说扔下不写之后(我以前告诉过你),我就暂时歇了一下,新年没过几天,我又开始写别的了:一部自传体作品,一部片段与回忆的合集,一项颇为奇妙的写作,围绕着我的身体的历史展开,叙述了那个我拖着它到今天已经缓慢行走了六十四年的身体自我。写满两百页之后,我感到自己言尽于此了。昨天西丽通读了一遍并盖章批准后,我忽然感到自己又无事可做了。这是为什么我又多写了这封信的缘故——因为我现在在意大利的一家人造城堡之中正感到百无聊赖。另写一信是为了消磨这恬静的上午时光,和你分享两段小逸事,有段时间了,有这两句话一直在我的脑海里回响。

1."他们都以为永无终点。"

每年的 9 月,法国的多维尔①都会举办一个美国电影节——放映一些在当年秋季两国都会放映的影片。我不知道这个电影节的起源或举办的原因,但每年都会设立一个文学作品奖项,颁发(或者过去是这样颁发)给一位美国作家。1994 年,我成为了那个幸运者。当我知道梅勒和斯泰伦②前几年都曾获此奖项后,我觉得这应该是项殊荣,值得我为此飞过大西洋去。于是,西丽和我就去了诺曼底的旅

---

① 法国北部海滨城市。
② 威廉·斯泰伦(1925—2006),美国作家。

游胜地多维尔。当年去的时候正值一个好年份——恰逢诺曼底登陆五十周年。为了纪念这一盛事,电影节还邀请了一些盟军将军的子孙后代,其中就有勒克莱尔①的后人和艾森豪威尔②的孙女苏珊。西丽和我后来与苏珊·艾森豪威尔(我们都非常喜欢她)待了一段时间,而当我们发现她因嫁给苏联某个共和国的一位科学家而成了一名"俄罗斯专家"时,我们两个就明白:冷战真的已经结束了。艾森豪威尔的孙女嫁给了一位苏联科学家!

同样为了纪念,电影节还安排放映了一些有关第二次世界大战的影片,同时邀请了一些参演这些影片的美国老演员到场。正因如此,我们在那里碰到了诸如范·约翰逊③(已经彻底耳聋了)、莫琳·奥哈拉④(依旧美丽动人)和罗迪·麦克多维尔⑤这样的名人。晚餐的时候,我们一度和那些旧时的电影明星待在一起,奥哈拉探过身去问麦克多维尔:"罗迪,我们两个认识多久了?"麦克多维尔答道:"五十四年了,莫琳。"他们那时一起参演约翰·福特执导的《青山翠谷》⑥。参与这样的聚会已令我称奇,耳闻目睹这样的交流更令我惊叹不已。

---

① 勒克莱尔(1902—1947),法国元帅。
② 德怀特·艾森豪威尔(1890—1969),美国政治家、军事家,1953 至 1961 年间,任美国总统。
③ 范·约翰逊(1916—2008),美国影视明星。
④ 莫琳·奥哈拉(1920—2015),爱尔兰电影明星与歌星。
⑤ 罗迪·麦克多维尔(1928—1998),英国演员、电影导演、摄影师。
⑥ 该片曾荣获第14届奥斯卡金像奖最佳影片、最佳导演、最佳男配角、最佳摄影(黑白)等多项奖。

那年去的人当中,还有一位是巴德·斯楚伯格①。我在美国的时候跟他见过几次面,而他与好莱坞的渊源可以追溯到很久之前,要比现在在世的所有人与好莱坞的历史都长久,因为他的父亲是B.P.斯楚伯格②,上世纪20年代和30年代派拉蒙公司的老板。若回溯历史的话,巴德在十九岁的时候就已经开始与菲茨杰拉德③合作电影剧本了。就是他,写出了《在水边》,是有关好莱坞题材的最佳小说之一《萨米为何狂奔》的作者,还写出了鲍嘉④出演的最后一部影片《拳击场黑幕》的剧本,这部出色的影片置景于拳击界。他是一个复杂的人,一个前共产党员,在20世纪40年代末或50年代初,曾经在HUAC⑤前公开点过其他人的名字,但从我看到的资料显示,当他发现他们试图干涉他的创作时,他就坚决与该党决裂了,并谴责他们全都是王八蛋。不管怎样,我对他了解得还不够,我们顶多算是泛泛之交而已,但我在美国的时候总是很高兴跟他聊天,尽管他有双重的言语障碍(口吃和口齿不清),我还是常常惊叹他的谈笑风生。当时,在1994年的多维尔,我们又在共同居住

---

① 巴德·斯楚伯格(1914—2009),美国电影编剧、电视剧制片人、小说家。
② B.P.斯楚伯格(1892—1957),美国电影的先驱。
③ F.S.菲茨杰拉德(1896—1940),美国小说家,晚年曾在好莱坞撰写电影剧本。
④ 汉弗莱·鲍嘉(1899—1957),美国演员,也被认为是美国文化偶像。1999年,美国电影学会把他评为美国电影有史以来最伟大的男影星。
⑤ 是"美国众议院非美活动调查委员会"的简称,是1938至1975年间美国众议院的一个调查委员会。

的酒店大堂不期而遇,凡是住在那里的人都是来参加电影节的(电影明星、导演、制片人、年轻的男演员与女演员)。由于我们两个都在等待各自的妻子下楼就餐,我们就一起在大堂的一条长凳上坐了下来,默默地注视着匆忙地来来往往的富豪名流和俊男美女。匆匆而来的是汤姆·汉克斯①(当年《阿甘正传》热映———一部糟糕的影片,假如你忍不住去看了的话);匆匆而来的是一位迷人的小明星,被人前呼后拥着;匆匆而来的还有很多人,所有人看上去都胸有成竹,给人的感觉都充满傲气,心满意足,仿佛每一个人实际上都已经拥有了这个世界。过了一会儿,巴德转身对着我,这位八十高龄的巴德,他从童年时期就开始看着这样的人,他曾经历过巅峰时刻也经历过低谷阶段,这位既口吃又口齿不清的聪慧的老人,转过身对我说道:"他们都以为永无终点。"

2."他们早都不在了。"

哈斯特维特家族的第三个姐妹嫁给了一位名叫乔恩·凯斯勒②的雕塑家,二十五年来,乔恩和我一直是好朋友——我们之间虽然是连襟,但彼此相处得不只是姻亲而更像是兄弟。乔恩的舅姥爷伯尼·坎伯几年前以九十多岁高龄去世了,他是个了不起的人物,在 20 世纪 40 年代、50 年代和 60 年代,一直担任好莱坞影片的广告宣传代理,一个可以回到达蒙·鲁尼恩③时代的复古式人物。他能说一

---

① 汤姆·汉克斯(1956—),美国著名演员、制片人、导演、作家。
② 乔恩·凯斯勒(1957—),美国艺术家。
③ 达蒙·鲁尼恩(1880—1946),美国新闻记者、作家。

口特殊的纽约话——这种话现在已经从地球上消失了,而他在上了年纪之后,最喜欢做的事情就是告诉我们他年轻时胡作非为的恶作剧。他仿佛认识所有的人,从瑞塔·海沃斯①到乔·迪马乔②到玛丽莲·梦露、乔治·伯恩斯③(是他最要好的朋友),特别是伯特·兰开斯特④,他为他做了好几个项目呢。"伯特是个严肃的家伙,"他有一次跟我们说,"他读过许多大部头啊。你们知道,读过像普路托⑤和亚里士多德这些人的书。"(普路托——那条卡通狗——而不是柏拉图。)伯尼所讲故事中我最喜欢的一个,还要追溯到战争年代,那时美国和苏联还是盟友。他负责推广一部平庸的叫《三个俄罗斯女孩》的影片,在堪萨斯城举行首映式的时候,为了把一大批观众吸引到影院来,他想出了一个点子:凡是愿意向我们的俄罗斯朋友捐血一品脱者,免费入场。伯尼是这么说的,他到影院时来迟了些,那时电影已经开始放映了,他走近影院大门时,看到影院的经理站在人行道上跟一个人大声吵架。伯尼问出了什么事,怒气冲冲的经理悲叹:"都是你出的好点子!这家伙想要回他的血啊!"

---

① 瑞塔·海沃斯(1918—1987),美国女舞蹈演员,是 1940 年代最知名的女影星之一。
② 乔·迪马乔(1914—1999),美国职业棒球选手,被公认为棒球史上至今最优秀的全面型球员。
③ 乔治·伯恩斯(1896—1996),美国喜剧明星、演员和作家。
④ 伯特·兰开斯特(1913—1994),美国电影演员。
⑤ 普路托,1930 年间迪斯尼创造的卡通人物。

这就是乔恩的舅舅①伯尼。在他去世几年前的一天晚上,伯尼告诉我们,他看过一部约翰·肯尼迪的新传记。他从中偶然发现了1950年代一所有名的妓院的一些记载,这让他又惊又喜。那所妓院是肯尼迪经常光顾的地方,而伯尼和他的许多朋友对此也不陌生。他迫切地想要把这些信息告诉自己的老朋友,于是伯尼就走过去准备打电话。但当他在头脑中过滤了一遍朋友的名单时,他意识到没有人能接听他的电话了。"他们早都不在了。"他告诉我们。伯尼比他的朋友们都长寿,既然他是同辈中唯一健在者,也就没有人能跟他再谈论往事了。他让我想起了人类学上讲到的怪人怪事,我过去偶然在书本上读到过:这是部落的最后一个成员,这是会说某种语言的最后一个人——他去世后,这门语言就灭绝了。

致以来自梦幻之岛最热烈的问候!

保罗

---

① 此处原文有误,应为舅姥爷。

2011年5月5日

亲爱的保罗：

谢谢你4月22日的来信,希望你们的欧洲之旅一切顺利。

你在信中把我称为"不在场的他者",还发现自己经常在脑海中和我对话。我得承认,我也有类似却略有不同的情景。我曾到过你家,但你知道,没有看到过你工作的套间——正如你描述的那样,那就是个指定的——工作的场所。我时常想象着你待在这个房间里,而这个房间在我的想象当中是粉刷成白色的,灯光明亮,可没有窗户,这与你有一部小说中幽居的空间无异。你坐在桌前,手指置于打字机上。在这些想象中,打字机是那种相当古老而笨重的雷明顿牌(有时候色带卡住了,你还得把它松开;你的拇指上的污渍如今已不好清理)。你就坐在那里,沉浸在自己的思绪之中,时间流逝,日复一日。

因此,看到你的时候,我总会对你本人和你的执着而无人欣赏的勇气产生一种情同手足之柔情。我当然知道你出入公众场合时会带有另外一副面貌——那是令人羡慕的文人的外表。但我确信自己眼中的你——缪斯女神的一位自觉自愿的囚徒——才是更真实的你。在我的想象中,世界就在他的脚下,每天早上八点半,他都准时打开他囚室的房门,去查看他新的一天所应接受的惩罚。

我知道,关于写作生活,人们有着各种各样浪漫的胡说八道,什么面对白纸充满绝望、灵感不来痛苦不已、出乎意料的——也是不可靠的——一波又一波睡意全无的疯狂写作、唠唠叨叨而又无休无止的自我怀疑,等等。但也不全是胡说八道,对吗?写作就是付出付出再付出,难有喘息之机。这让我想到了莎士比亚所钟爱的鹈鹕,它总是撕开前胸好让自己的后代吮吸自己的鲜血(多么奇特的民间传说啊!)。所以我想到你在那孤独之地,成了雷明顿血盆大口里的佳肴。

我承认,要把你所描述的三明治店放入这幅近乎僧侣般的枯燥生活的画面中是有些小小的困难。但我又想,也许保罗造访三明治店的时候,总会坐在偏僻的角落,安静而不引人注意,吃完东西就悄悄地离开,犹如幽灵一般。

逝者新希望:真是个了不起的书名。可惜被人用过了,真是太遗憾了。

谢谢你关心我的失眠症。我不想麻烦你让西丽写信了,倒不是我不相信她在这方面的专业知识,而是我感觉自己已经无可救药了。我几年前曾经跟一位睡眠专家长期固定会面。我想,她是位非常新潮的医师,为我制定了一整套养生规则,只要我生活规律一些、性格再坚强一些,就应该对我起作用。但最后是我,无法面对那种折磨:强迫自己在凌晨3点起床,之后一整天都要强打精神坚持到晚上9到10点的就寝时间。而且——就连治疗师也不得不承认——一旦我出国旅行跨越了时区,所有之前的努力都前功尽弃,等我回来后还得从头再来。

有趣的是,我发现到了西欧就比我在澳大利亚容易入眠,西欧恰好与我的家乡南非处在同一个时区。也许吧,历经九年之久我的身体还未能调整过来以适应澳新①的作息时间。

5月31日

谢谢你(5月24日)从意大利城堡发来的快乐无比的长信。你问道:自己何德何能受此礼遇?答案是:这样一段时来运转的特殊时光,是对你过去曾历经艰难时世的一种补偿,逆境已被你抛在脑后,因为你不会让自己心怀怨恨跟命运抗争。

这么说来,你已经完成了两百多页有关自己身体的历史叙事。多么有趣的想法啊,同时又让我多么嫉妒,你不仅有这样的想法,还把它付诸实施了——而这往往是更难的部分。我将等着看你对待自己的身体时,是逐一讨论肢体呢还是总体叙述。

我也发现了一个有趣的事实,我们人类认为自己的身体是由肢体组成的——像胳膊、双腿以及其他——而动物

---

① 澳大利亚和新西兰。

则不是。事实上,我很怀疑动物本身是否也认为自己"拥有"身体。它们就是自己的身体。

下个月我将赴英国参加一次关于塞缪尔·贝克特的会议。我很愚蠢,竟答应了会前接受一个组织者的邮件访谈,主题是我与贝克特的关系。他和我都发现了,关于贝克特,我并没有什么新鲜话题可说,甚至我与贝克特一点关系都没有。假如贝克特从未出世,那我就肯定不会是现在这样一位作家了,但这种人情债——称之为人情债是因为找不到更贴切的词汇——最好还是不要盘根问底。在贝克特的圣殿里或是贝克特的庙宇之内(我还从未拜谒过他的墓碑),我宁可只是默默地表达我的敬意。

一切顺利!

约翰

2011 年 6 月 14 日

亲爱的约翰：

很高兴收到你的来信。

为了让你安心，我得说：我不在那个三明治店吃午餐。大多数早上，我在上班的路上去那里，会点些外卖——我会在几个小时之后在我的小套间里吃，往往是在最孤独的时候。我在店里停留约四到七分钟，除了告诉柜台服务员我想要哪种三明治外，很少跟任何人说话。但在四到七分钟的时间里，一个人可以耳闻目睹到多少东西啊！

然而，那里的人还是认识我（至少有几个工人认识），因为我在小说《布鲁克林的荒唐事》中提到了这地方的名字，而且偷用了约十年前一个服务员对西丽说的一段话。我在书中写道："我本想要一个带肉桂葡萄干的百吉饼，但这个词汇在我口中卡住了，说出来变成了'肉桂里根'。柜台后面的年轻人随即回答：'抱歉，我们没这种东西。来个"裸麦粉尼克松"怎么样？'"①

---

① "带肉桂葡萄干的百吉饼"是一种先蒸后烤的圈状硬面包。这里的对话，由于口误而造成了笑话。因译者水平所限，英语中的发音、口误造成的误解引起的笑话，汉语里实难表达并产生同样效果。

我工作的场所其实有好几扇窗户,光线十足。所用的打字机不是雷明顿而是奥林匹亚——但不管是什么牌子,每次我换新色带的时候,污渍都会弄脏我的拇指,而室内的氛围——如果不仅仅指物理环境的话——与你想象的一模一样。你所说的并非胡说,不是的。你对我的理解准确无误,现在也了解到,我生命当中最有意义的时光,都是在四面墙壁中安静无声地度过的。你的理解让我感动,实际上是深受感动。"勇气"一词有些过誉(我从未把自己与"勇敢"连在一起过),但这并不意味着我对你的想法没有心存感激之情。

我还是对你的睡眠问题感到忧心忡忡,我已经回来两周了,还在挣扎着调整时差,以适应纽约的时间(每天凌晨5点准时醒来),我就确信,你所遭受的折磨属于一种延长了的时差反应——一种长达九年的时差反应,应该算是有史以来最糟糕的时差反应案例了。治愈它的唯一办法,就是在近一到两年的时间内不再出行,安安稳稳地待在澳大利亚,让自己的身体彻底最终适应那个遥远地方的生活需求。但是,你又要到英国去参加贝克特的会议了!(几乎每次我们写信给对方的时候,似乎我们总有一人即将启程到另外一个国家去。)如果你实在无法控制自己每年都想到欧洲旅行几次的话,那么答案也许(允许我这样说吗?似乎显而易见的)是再度搬家,移居欧洲。也许,这是一个合乎逻辑的解决方案——但问题又来了,生活从来不讲逻辑,重要的是你必须生活在你感到最幸福的地方。可另一方面:你一定要睡眠。你绝对需要睡眠。

至于有关我身体的那本新书——不是的,它不是要把我大卸八块逐一做解剖学上的分析。里面有专题讨论,比如有关于快感与痛苦的(举例来说,像性与食物、疾病与骨折),有长篇大论我母亲的(她的身体是我身体的来源),有我对所有曾经居住过的那些地方的描述(都是我的身体曾经受到庇护的场所),还有我对残疾、死亡的反思,以及某些可能导致死亡但却没有的体验……

谈到这本书,我突然想到了一个主意,可能还会是一个不错的主意,就是到今年9月我们一起在加拿大参加活动时,我倒是可以朗读一下它。一提加拿大,我立刻又想到了11月的葡萄牙。我刚刚与保罗·布兰科共进早餐,他现在在纽约,要待上几天。他告诉我,他要再次给你发出一封正式的邀请函,请你出任评委。由于葡萄牙出现了金融危机,对于今年的文学节是否还能照常进行人们有所怀疑,但是保罗向我保证,问题都已经得到了妥善解决,一切运转正常。我会去,西丽也去,我们的女儿索菲娅也要去(演唱),而我希望你和多萝西也会去。时差的灾难又要降临!能与你们在一起待上一段时间真好。

写作中的家世小说《逝者新希望》的另外一章:

我第一任妻子的母亲活到了一百岁,也许是到了一百零一岁呢。她出生于1903年,是家中六七个孩子当中最小的一个。有一次她给我看她一岁生日前拍的照片,那是一张全家福,其中有她的父母、她的兄弟姐妹、她的叔叔阿姨、舅舅姑姑、她的堂兄弟姐妹、表兄弟姐妹、她的祖父母、外祖父母以及她本人,一个小小的婴儿坐在一个人的腿上。最后一排最左面站着一位蓄灰白胡须的老人。她告诉我说,那是她的舅姥爷,拍照片的时候,他已经九十九岁高龄了。我在头脑中快速地运算了一番,意识到他应该出生于1805年。比亚伯拉罕·林肯还早生四年!当我手拿那张照片的时候是1967年,而我至今还记得它当时带给我的那种震撼心灵的影响力。我告诉自己:"我正在跟一个认识某个比亚伯拉罕·林肯出生还早的人在说话啊。"一百六十二年:一眨眼的工夫!现在,四十四年之后,我告诉自己:两百零六年——一眨眼的工夫!

您的,

保罗

2011年8月29日

亲爱的保罗：

最近我偶然读到了一首诗，是埃蒙斯①身后发表的。老矣也已老矣，他写道，哪怕是努力去发现些许新的话题来说说老矣也已老矣。我丝毫没有这种感觉，尽管我已经接近埃蒙斯在写作这首诗歌时的年纪了。事物仍不断地展现在我眼前，至少也是聚于更明亮的焦点上。我如今所见，我看得比我年轻时看到的更加清晰明了。我被迷惑了吗？

比如利比亚。谁能想到我们的注意力，就在片刻之间，就集中到了这个被世界遗忘的角落所发生的事件上！就人对事物的整体感知而言，看到世界上一个最无耻的独裁者被推翻，真是大快人心。这仿佛是众神为我们组织了一台好戏，目的是让我们安心：毕竟，人间自有公道在，只要我们愿意耐心地等待，命运之轮一定会转动，那些位高权重者一定会被推下神坛。

当然（这里出现了埃蒙斯式的悲观主义情绪），的黎波

---

① A.R.埃蒙斯(1926—2001)，美国诗人，曾两度荣获美国全国图书奖。

里街头的狂欢,就像开罗街头的狂欢一样,随着击中要害的现实的出现——无人支付工资、停电停水、四处可见的垃圾——一切将会归于沉寂;毫无疑问,取代了卡扎菲的新政权最终也会出现贪污腐败甚至也会变得独裁。但至少那些曾经坐在丰田皮卡车里飞奔、手持冲锋枪向空中扫射的年轻人,在余生有了可供回忆的经历,有东西讲给自己的子孙后代听了。光辉岁月啊!也许这才是革命的真正意义,也许这才是一个人对革命所应有的期盼:一到两周的自由,尽情展示力与美(和被所有女生热爱)的狂欢。此后,那些灰白头发的老人又重掌政权,生活又恢复了常态。

世界无时不在彰显其神奇之处。我们继续学习吧。

您兄弟般的,

约翰